D1875350

Johann Peter Hebel
Der Schuster Flink

Johann Peter Hebel

Der Schuster Flink

Unbekannte Geschichten

Mit einem Vorwort von Daniel Kehlmann
herausgegeben und mit einem Nachwort
von Heinz Härtl

WALLSTEIN VERLAG

Vorwort

Seltsam fühlt sich das an: eine Neuerscheinung von einem Klassiker. Goethe, Claudius oder Herder bringen keine Bücher mehr heraus; was sie geschrieben haben, ist zugänglich, ihr Werk liegt seit sehr langer Zeit abgeschlossen vor. Um so wunderlicher, unversehens ein Buch mit neuen Texten von Johann Peter Hebel in Händen zu halten.

Das trifft wie ein Blitz in jenes feuilletonistische Summen, das man mit Worten wie »Bücherfrühling« oder »aktuelle Saison« bezeichnet. Die neuen Bücher von Martin Walser, Hans Joachim Schädlich, Peter Handke und Johann Peter Hebel. Wie eigentümlich, das auszusprechen, wie berückend solch eine Kreuzung des Gegenwärtigen mit dem Überzeitlichen, das bleiben wird, weil es schon geblieben ist.

Johann Peter Hebel ist der Autor einiger der schönsten Miniaturen deutscher Sprache, einer unserer wenigen vollkommenen Kurzgeschichtenschreiber, der Schöpfer der unvergeßlichsten Zeitraffung, die je zu Papier gebracht wurde, dem *Unverhofften Wiedersehen*: ein kleines Menschenleben und die Ungeheuerlichkeiten der daran vorbeirollenden Weltgeschichte, alles in einen Absatz gepreßt und verklammert durch ein »unterdessen«, jenes Wort, das seither ihm gehört und bei anderen Autoren, ob sie es wissen oder nicht, nur noch Zitat sein kann.

Diese Texte sind natürlich keine Hauptwerke, das plötzliche Auftauchen eines übersehenen Meisterstücks – der Traum jedes Germanisten – ist hier nicht zu erwarten. Manche scheinen in ihrer Themenwahl etwas beliebig, bei anderen ist die Pointe allzu eindeutig und didaktisch. Aber Hebels stilistische Eigenart ist hier ganz gegenwärtig: die scheinbare Distanz des Erzählers, das Zusammenrollen vielfältigster Ereignisse und langer Zeitstrecken in die Knappheit weniger Sätze. Und immer wieder geht es ums Zusammenwirken von Moral und List. Für den Moralisten Hebel ist Schlauheit ohne Anstand verwerflich, aber Anstand ohne Schlauheit wäre wirkungslos und zum Scheitern verurteilt in der bösen Wirrnis der Welt.

Und was für eine Kunst des Anfangens! »In einem unscheinbaren Dörfchen am Rhein saß eines Abends, als es schon dunkeln wollte, ein armer junger Mann, ein Weber, noch am Webstuhl, und dachte während der Arbeit an Vater und Mutter, deren Lebensfaden auch schon an der Spule abgelaufen war, hernach an den Großvater selig, dem er einst auch noch auf den Knien gesessen und an das Grab gefolgt war, und war so vertieft in seinen Gedanken und in seiner Arbeit, daß er gar nichts davon merkte ...« (*Franziska*) Und bevor noch der Satz zu Ende ist, sind wir tief in einer menschlichen Existenz und einer Geschichte. »Der König Sueno von Dänemark hatte einen schweren Haß geworfen auf einen seiner Diener und Hofherren, Woldemar mit Namen, weil der ihm immer die Wahrheit sagte, geradheraus und ohne Umschweife.«

(*Deutsche Rechtlichkeit*) Hier entsteht Spannung direkt aus dem schwingenden Rhythmus der Perioden, aus einer spezifisch narrativen Musikalität. Wer so schreiben kann, wird zum Muster für die Späteren und zu deren Zeitgenossen, eben zum Klassiker. Dieses Buch bietet auch die Möglichkeit zur Überprüfung: Den kanonischen Autor in noch unbekannten Texten zu lesen, ist die seltene Gelegenheit, ganz unmittelbar und ohne die Vermittlung der Literaturgeschichten nachzuvollziehen, was ihn überhaupt erst dorthin gebracht hat.

»Was die Erde einmal wieder gegeben hat, wird sie zum zweitenmal auch nicht behalten.« Hebel spricht von Auferstehung, aber der Satz gilt natürlich auch für das Schicksal literarischer Werke. Lange waren diese Texte verschwunden, jetzt haben wir sie wieder, und bald schon werden sie ihren Platz im Gesamtwerk einnehmen, als wären sie nie fort gewesen. Natürlich soll man ein Buch immer öffnen, als wäre es das erste Mal – hier aber kann man wirklich Hebels Prosa zum ersten Mal lesen, als etwas ganz Neues.

Daniel Kehlmann

I. Aus dem *Provinzial-Blatt der Badischen Markgrafschaft* (1805)

Allerhand.

Unglück und Rettung.
(Zugleich eine Warnung.)

Zu Oschatz im Erzgebürge in Kursachsen ereignete sich im verflossenem Jahre folgendes warnende Beyspiel einer unabsichtlichen Vergiftung. Der Tagelöhner, Namens Starke, brachte am 12ten August Abends mehrere Saamenkapseln von dem Stechapfel, welche er auf dem Wege zwischen Oschatz und Pappenheim häufig gefunden hatte, nach Hause, um sie seinen Kindern als Spielwerk zu geben.

Um diese Frucht zu untersuchen, öffnet er eine von den größern Saamenkapseln, genießt sie sehr wohlschmeckend, und verzehrt alle darinn befindlichen Saamenkörner. Er versichert seine Kinder, daß diese Körner eine ausserordentliche Süßigkeit enthielten. Die Kinder folgen seinem Beyspiele: ein Knabe von 7 Jahren genießt ebenfalls alle Saamenkörner einer Kapsel, ein Mädchen von 5 Jahren aber nur ungefähr vier bis sechs Körner. Bald nach dem Genuße offenbaren sich die giftigen Wirkungen derselben. Vater und Mutter fallen in Wahnsinn, Hitze, bekommen Zuckungen, Schmerzen im Unterleibe, Aufschwellen desselben, und die Augensterne erweitern sich und bleiben unbeweglich.

Erst den Tag darauf früh um 8 Uhr erfuhr der dasige Amts- und Stadtphysikus, Herr Dr. Ackermann, diesen traurigen Vorfall. Sogleich eilte er, die Unglücklichen wo möglich noch zu retten, und durch die schnelle Anwendung und einsichtsvolle Wahl der zweckmäßigsten Gegenmittel gelang es ihm auch, daß alle in wenigen Tagen, fast wider Vermuthen, völlig hergestellt waren. Alle Eltern sollte dieser Vorfall ermuntern, ihre Kinder zu warnen, nichts ihnen Unbekanntes und Gefundenes zu genießen, und alle Lehrer sollten dadurch erinnert werden, wie nöthig es ist, den Kindern in der Schule auch eine Kenntniß der sogenannten giftigen Pflanzen und Kräuter beyzubringen. Im Noth- und Hülfs-Büchlein ist der Stechapfel S. 92. abgebildet und beschrieben.

(A.d.N.Z.d.T.)

Allerhand.

Gefrorne Gemüß-Arten und Obst wieder genießbar zu machen.

Man lege die gefrornen Rüben, Kartoffeln, Aepfel, Birnen u.s.w. in kaltes Wasser, welches man mit Schnee und etwas Salz vermischt hat, und stelle sie an einen kühlen Ort, aber auf keine Weise in die Wärme. Nach vier Stunden gieße man das Wasser ab, und laße die Gemüß-Arten an einem luftigen Orte abtrocknen. Aepfel und Birnen trocknet man aber mit einem Tuche ab, und verwahrt sie dann besser, so daß sie nicht zum zweytenmale erfrieren können.

Muthvolle Entschlossenheit.

Gegen das Ende des vorigen Jahrs ritt ein kurf. pfalzbayerischer Offizier aus Würzburg, Baron von Buchholz, auf der Straße in der Gegend von Großhabersdorf im Anspachischen, und hatte das Unglück zu stürzen und im Steigbügel hangen zu bleiben. Schon viele tausend Menschen wurden auf diese Weise entweder auf eine entsetzliche Art getödtet oder zu den unglücklichsten Krüppeln geschleift. Auch Herr von Buchholz war nahe daran, ein solch trauriges Schicksal zu erfahren. Aber gerade in dem schrecklichen Augenblicke, da er verzweiflungsvoll zwischen Tod und Leben hieng, führte ihm die allwaltende Vorsehung unerwartete Hülfe zu. Die muthbeseelte Tochter des Predigers Hopfer zu Großhabersdorf im Anspachischen befand sich eben auf der Straße, wo der Gestürzte geschleift wurde. Die Gefahr erblikkend, floh sie wie ein rettender Schutzgeist heran, fiel mit entschlossener Kraft dem scheufortsprengenden Pferde in den Zügel, hemmte dasselbe im Laufe und hatte zugleich Muth und Stärke genug, den Bügel-Riemen, worinn Herr von Buchholz mit dem Fuße hieng, rasch von dem Sattel zu schneiden, und so demselben Leben und Gestalt zu retten. Es war zu erwarten, daß ein edler Mann für eine solche Rettung die größte Belohnung biethen würde. Herr von Buchholz that dieses auch. Allein die noch edlere Retterin kannte keine andere Belohnung, als die ihr schon durch diese Handlung selbst, und durch die Erfüllung der allgemeinen Menschenpflicht zu Theil worden war.

Hohes Alter.

In der letzten Woche des vorigen Jahres starb zu Hoym im Anhalt-Bernburgischen ein Jude, der ein seltenes hohes Alter erreicht hat. Ein glaubhafter Schein über die Zeit seiner Geburt, woran es gewöhnlich bey Juden fehlt, existirt zwar nicht; aus mehrern Umständen seines Lebens ist aber nicht daran zu zweifeln, daß er wenigstens 116 bis 118 Jahre alt geworden ist. Er war ein Lehrer der jüdischen Jugend, und hat sich von seinem männlichen Alter an fast beständig in Hoym aufgehalten. Vor ungefähr 6 Jahren starb eine Jüdin daselbst, welche etliche und neunzig Jahr alt war, und sich noch wohl erinnerte, daß sie in ihrer Kindheit Unterricht von ihm erhalten hatte. Er war in dem jetzigen Westpreußen gebohren, und hat oft erzählt, daß er von seinen Eltern weggekommen, als er zwölf Jahre alt gewesen, daß er sich einige Zeit in den dort herumgelegenen Städten aufgehalten, daß er den ersten König von Preußen noch als Kurfürst gesehen, und daß er auch bey den Feyerlichkeiten zugegen gewesen sey, welche wegen der Königs-Krönung in Berlin veranstaltet wurden. Er pflegte dieselben so umständlich zu erzählen, daß an der Wahrheit seiner Gegenwart wohl nicht zu zweifeln ist. Bekanntlich fiel die Krönung des ersten Königs von Preußen im Jahr 1701 vor. Das sind bis jetzt 104 Jahre. Rechnet man nun die in seinem elterlichen Hause verlebten 12 Jahre, und nur noch 2 Jahre dazu, welche er in den polnischen und preußischen Städten vor der Krönung zubrachte, so kommt das seltene Alter von 118 Jahren heraus. Der Verstorbene behielt bis an sein Lebensende den Gebrauch aller Sinne, und hieß Isaak Nathan.

Der seltne Fall.

In – – geschah vor Kurzem ein in unsern Zeiten, wo Kinder selten für einen Segen Gottes gehalten werden, seltner Fall von geheimer Adoptirung fremder Kinder. Die Frau eines armen Handwerksgesellen wird entbunden. Die Hebamme ist zugegen und auch der erste Accoucheur der Stadt, und es kommt ein gesunder Knabe zur Welt. Abends erscheint ein Wagen vor der Thür; der Vater reicht das, jetzt in die feinsten Windeln gewickelte Kind hinein und er rollt davon. Der Hauswirthin fällt das Verschwinden des Kindes auf, und sie hält sich für verpflichtet, die Sache bey der Obrigkeit anzeigen zu müssen. Der Vater wird vorgefordert und befragt: wo das Kind sey? Er weiß es nicht; aber es sey gut aufgehoben, wo? müsse die Hebamme wissen. Man hält ihn fest, bis diese erscheint, welche auch nichts von dem Kinde wissen will, sondern sich auf den Accoucheur beruft. Als dieser befragt wird, giebt er die eidliche Versicherung, daß das Kind lebe, und eine gute Erziehung erhalten werde, dafür er sich verbürgt. Da dieser Arzt ein höchst glaubwürdiger Mann ist, so beruhigt sich die Obrigkeit bey seiner Versicherung. An demselben Tage kommt auch eine Soldatenfrau mit Zwillingen verschiedenen Geschlechts nieder. Beyde werden am nemlichen Tage vom Garnisonspfarrer getauft, und Tags darauf fehlte der Knabe. Der Pfarrer kann aus den Eltern, die er darüber zur Rede stellt, nichts herausbringen. Er zeigt es daher beym Regiments-Chef an, welcher ihn versichert, daß der Knabe in guten Händen sey, und giebt ihm, als er auf nähere Erklärung besteht, weil er im Kirchenbuche nachweisen müsse, wo der Knabe hingekommen sey, ein schriftliches Zeugniß darüber. Die Auslegungen, die man von dieser romanhaften Geschichte macht, sind verschieden. Einige meinen, man habe diese Kinder zu pädagogischen Versuchen, andere zu Lückenbüßern in adelichen Stammbäumen und Lehnsfolgern von den Eltern erkauft. Noch vor hundert Jahren würde der Aberglaube behauptet haben, der Währwolf habe sie gefressen, und die Intoleranz – sie wären von Juden gestohlen worden.

Große Pracht und theurer Schmaus.

Am 25. Febr. d. J. wurde auf dem Schloß Windsor von dem König und der Königin in England ein äusserst kostbares Fest gegeben. Die Kosten der Tafel betrugen allein 30000 Pfund Sterlinge, und eben so Vieles kostete das von dem Goldarbeiter Gillert verfertigte Silbergeschirr. Diß letztere wurde auf drey Frachtwägen von London nach Windsor geführt. An den Kron- und andern Leuchtern war ein ganzes Jahr lang in 2 Werkstädten gearbeitet worden. In den Leuchtern brannten 6000 Wachskerzen. Die Königliche Tafel ward auf goldenen, und die übrigen auf silbernen Geschirren bedient. Man sah 4 grosse Tische von massivem Silber: 2 derselben waren aus Hannover, vor dem Einfall der Franzosen, geflüchtet worden; die 2 andern waren von dem Londner Stadtmagistrat, der eine dem Könige Wilhelm, der andere der Königin Anna, verehrt worden.

Unter den Leuchtern und anderm Silbergeschirr war auch Vieles aus Hannover. Man gebrauchte über 250 Duzend silberne Teller und eben so viele silberne Gabeln und Messer. Selbst die Gestelle, worauf in den Kaminen das brennende Holz gelegt wird, waren 4 grosse Hunde von massivem Silber. Der König und die Königin blieben bis 3 Uhr Morgens, die übrige Gesellschaft aber bis 6 Uhr.

Wahrheit, die man für Anekdote nehmen kann.

Als der König von Preussen auf seiner Reise nach W. kam, und erst seit seiner angetretenen Regierung die Verordnung gegeben hatte, daß sich kein Offizier verheyrathen sollte, ohne den reinen Ertrag seines eignen Vermögens auf eine gewisse Summe anschlagen zu können, von dem einst seine Wittwe leben könnte, wagte es ein Offizier, welcher kein Vermögen hatte, aber längst vor der Verordnung ein gutes Mädchen liebte, dem Monarchen entgegen zu gehen, und ihm seine Lage zu entdecken. »Ich weiß,« sagte er, »daß ich gegen meine Pflicht als Offizier handle, wenn ich dem gegebenen Gesetze zu entgehen suche; aber ich würde kein ehrlicher Mann seyn, wenn ich mein Wort, daß mich vor der Verordnung an ein braves Mädchen band, nicht halten wollte. Deshalb wage ich den Schritt, und bitte meinen Monarchen, mich entweder von dem Gesetze loszusprechen, oder mir darin zu willfahren, daß ich mich von dem Dienste beurlaube, dessen Gesetze mich hindern würden, mein Wort zu halten.«

»Lossprechen kann ich Sie nicht,« sagte der König, »aber ich will einen so gewissenhaften Mann auch nicht aus meinen Diensten verliehren. Ich lege Ihnen die vorgeschriebene Summe aus meiner Chatoulle bey; gehen Sie und sagen Ihrer Braut, daß ich gern ehrlichen und gewissenhaften Männern helfe, die nicht mit ihrem gegebenen Worte spielen.«

Historische Miszellen.

1. Wallenstein.

Vielleicht ist manchem Leser dieses Blattes folgende Anekdote von diesem durch Schillers dramatische Muse neuerdings berühmten Helden noch unbekannt, und da sie einen so grossen Mann betrifft, interessant.

Wallenstein gieng als Knabe zu Goldberg in Schlesien in die Schule. Man nennt unter seinen Lehrern einen gewissen Kantor Fechner, welcher immer nicht viel von dem mürrischen, in sich gekehrten Knaben gehalten haben soll. Einst war die liebe Schuljugend mit diesem ihrem Pädagogen unter den Schulweiden, ihrem bekannten Spielplatz, versammelt, und alles überließ sich der Fröhlichkeit. Wallenstein aber schlief. Da er, man weiß nicht, ob auf Befehl des Mentors, oder durch die Neckereyen der Kammeraden, oder von selbst erwacht war, erzählte er der Gesellschaft, es habe ihm geträumt, daß er mit seinen Mitschülern auf diesem Platze spiele, und die Schulweiden hätten sich alle vor ihm zur Erde gebeugt. Die Jugend lachte, und Fechner nannte ihn einen Träumer, der es wohl gar dem Joseph nachmachen wolle. Er fügte hinzu: Du wärst mir ein Kerl darnach. Wenn aus dir ein grosser Mann wird, so will ich dein Hofnarr werden.

Als der Feldmarschall Wallenstein das erstemal vor Goldberg kam, erinnerte er sich dieses Auftritts, und ließ sich erkundigen, ob der Kantor Fechner noch lebe. Und siehe da! er lebte noch. Man brachte ihn vor seinen ehemaligen Schüler, und dieser erinnerte ihn an sein Versprechen. Der zitternde Alte bat demüthig, wegen seines Mangels an Vorhersehungs-Gabe, um Vergebung, und wurde gnädig entlassen. Wallenstein befahl, bey der Plünderung des Orts ausdrücklich sein Haus und ihn zu verschonen.

2. Was vermag die Liebe nicht.

Der grosse Mahler Corregio liebte eines Töpfers Tochter. Der Vater des Mädchens wollte sie durchaus nur einem Töpfer geben. Corregio brachte der Liebe ein Opfer, und gieng bey dem Meister in die Lehre. Aber er konnte sein Genie nicht verläugnen. Bey der Langenweile, die ihm die einförmige Arbeit machte, fiel er darauf, die Teller und Schüsseln zu mahlen. Diese zeichneten sich bald aus; man erkannte auch in diesen groben Zügen die feinere Kunst, und die Nachfrage wurde so häufig, daß der Töpfer ansehnlich dabey gewann, und zuletzt diesen Schwiegersohn mit Freuden genehmigte. Kenner bezahlten in der Folge die wenigen noch übrigen Gefäße seiner Arbeit sehr theuer; man zeigt in Dresden noch eine kleine Sammlung derselben.

3. Etymologisch-poetische Erklärung des Worts: Klatschen.

Was Klatschen sind, weiß Jedermann;
Doch wer, ihr Herren, sagt mir an,
Woher der Name Klatscherey
Wohl kommen und entstanden sey?

Vom Fliegen-Schlachtungs-Instrument,
Das man zu deutsch die Klatsche nennt,
Kommt auch vielleicht, ich glaube sehr,
Der Titel: Klatsch-Frau-Base her.

Die Fliegenklatsch' ist immer alt
Und welk und grauig von Gestalt;
So giebt auch Schmähsucht, Groll und Neid
Den Klatsch-Frau-Basen Häßlichkeit.

Durch armer Stubenfliegen Tod
Färbt sich die Fliegenklatsche roth;
So unser guter Nam' erbleicht,
Wo ihn die Klatsch-Frau-Baas erreicht.

Der Fliegenklatsche kräft'ger Streich
Klingt ihrem Namen völlig gleich,
So klingt ein solches Titschitatsch
In jedem Ort wie klitsch, klatsch.

Was lohnt der Fliegenklatsche Müh?
Mit Koth beschmitzt die Fliege sie;
Und so erscheint auch wahrlich nicht
Die Klatsch-Frau-Baas im schönsten Licht.

Ein schöner Zug von Ehrlichkeit.

Vor einiger Zeit wurden in Zweybrücken mehrere Mobilien versteigert. Der dasige Rechtsgelehrte, Hr. Kiesenwetter, steigerte eine grosse Sandbüchse ohne bedeutenden Werth an sich. Nach mehrern Wochen will Hr. Kiesenwetter den Sand ausleeren, und findet – 100 Louisd'or in Gold, welche in ein leinenes Lümpchen gewickelt waren. Der edelmüthige Finder eilt zu dem Notar; »die Kinder«, ruft er beym Eintritte in dessen Zimmer mit freudiger Stimme, »die Kinder von *** sind um 100 Louisd'or reicher geworden«, und dabey hielt er ihm das Geld entgegen. Dieser Zug von Ehrlichkeit ist zu selten und zu schön, als daß er nicht eine Erwähnung verdienen sollte.

Schreckliche Natur-Begebenheit.

In UnterItalien, namentlich im Königreiche Neapel, hat ein fürchterliches Erdbeben am 26. Julius d.J. eine schreckliche Zerrüttung verursacht; in der Stadt Neapel sind 800 Häuser unbewohnbar, und mehr als 4000 leichter beschädiget, auch 40 Kirchen sehr zerrüttet worden. Bey diesem großen Unglück sollen jedoch nur 4 Menschen in dieser Stadt das Leben verlohren haben. In mehreren anderen Provinzen in der Grafschaft Melise war das Unglück viel größer. In der Stadt Isernia, welche durch das Erdbeben in einen Schutthaufen verwandelt wurde, sind gegen 1500 Menschen umgekommen, und in Campo Basso und Baiam soll ein grosser Theil der Einwohner das Leben verlohren haben, oder verkrüppelt worden seyn, viele andere Orte haben erschrecklich gelitten, und in Capua ist ein Theil einer ReuterCaserne eingestürzt.

Auch in unserer Nachbarschaft im Würtembergischen und auf dem Schwarzwalde haben Gewitter und Wolkenbrüche, besonders in der Gegend von Enzweihingen etc. einen grossen Schaden angerichtet, welcher auf den vier Gemarkungen Aurach, Nußdorf, Rieth und Enzweihingen über 23500 fl. [Florin] abgeschätzt wurde, überdieß hat ein unbemittelter Schäfer 122 Stück Schaafe verlohren; das Wasser stürtzte 15-20 Schuh hoch über die Felder weg. In Stuttgardt schlugen mehrere Blitze jedoch nur an den Ableitern ein, ohne weitern Schaden zu verursachen.

Allerley.

Eröffnung eines neuen IndustrieZweiges für Deutsche.

England bezieht wirklich für die immer zunehmenden Bedürfnisse seiner Perücken eine ausserordentliche Menge von Menschenhaaren aus Deutschland. Ein Frankfurter verdiente ohnlängst in einer kurzen Zeit in London mit einer Fracht Menschenhaare auf einmal 6000 Pfund Sterlinge (66000 fl.). Was für artige Procente er dabei machte, läßt sich berechnen, wenn man hört, wie wohlfeil diese herrlichen Haare von Bauernmädchen in den Rheinländern gekauft werden. Es sind meistens Juden, die diese in England so theuer bezahlte Waare zusammen bringen. Sie gehen auf deutschen Dörfern umher, und wenn sie ein Mädchen mit schönem langem Haare, von guter – nemlich braun oder blonder Farbe sehen, so langen sie seidene Bänder, seidene Tücher, oder andere Putzsachen hervor, nach dem vermuthlichen Geschmacke der Mädchen, und sagen: »Sieh, Mädel, das geb ich dir für deine Haare, wenn du mich sie abschneiden läßt; in ein paar Monaten sind sie ja wieder gewachsen,« und es gelingt meistens. Dem Geschichtskenner wird hierbei einfallen, daß schon die Römer auf das goldgelbe Haar der Deutschen einen hohen Werth legten.

Nützliche und angenehme Unterhaltungen.

Baumzucht.
Bequemste Art, große Bäume zu verpflanzen.

Die herrschaftlichen Gärtner in Bückeburg befolgen, besonders bei Verpflanzung großer Obstbäume, eine Methode, welche sehr bequem ist, und nie fehl schlägt, vielleicht aber noch nicht allgemein bekannt ist. Es werden dem großen zu verpflanzenden Baume im Herbste alle große Seitenwurzeln in einer Entfernung von etwa 2 Fuß von dem Stamme abgesägt; nun bilden sich im nächsten Sommer an den stehen gebliebenen Stücken eine Menge feiner Thauwurzeln, welche den Baum hinlänglich ernähren. Im nächsten Herbste wird er nun, ohne viele Umstände und ohne den schweren Erdballen – welchen man bei der Methode, große Bäume während des Frostes zu verpflanzen, mit ausheben muß – ausgehoben und an der neuen Stelle eingeschlämmt. Auf diese Weise sind durch wenige Menschen oft Bäume, die schon über eine Malter Früchte getragen hatten, versetzt worden, die, wenn man sie mit dem gefrornen Erdballen hätte verpflanzen wollen, einen großen Aufwand von Kräften würde erfordert haben.

Drey Luftschiffer.

Berlin. Die erste Luftfahrt, die ein Teutscher unternahm, verdient in diesen Blättern rühmlichst erwähnt zu werden. Herr Doktor Jungius, öffentlicher Lehrer der Mathematik und Physik beim königlichen Friedrich Wilhelms-Gymnasio, ein eifriger Naturforscher von dem sich die Aeronautik noch viele Bereicherungen versprechen darf, stieg am 16. September mit einem Luftballon auf. Bey der Güte der angewandten Materialien und der wissenschaftlich zweckmäßigen Anordnung gieng die Füllung des Ballons trefflich von statten, so daß die Auffahrt zur angesetzten Zeit, Mittags gegen 12 Uhr erfolgen konnte. Die Fahrt begann bey dem heitersten Wetter unter dem allgemeinen Beyfallklatschen und dem frohen Zujauchzen der versammelten Menge. Der Ballon stieg schnell und gerade in die Höhe, und verlohr sich in kurzer Zeit aus dem Gesichte der Zuschauer, indem er eine Höhe erreichte, die wenigstens um 1000 Fuß den Chimboraco übertraf. Nach anderthalb Stunden kam Herr Professor Jungius jenseits Müncheberg, ohngefähr sieben deutsche Meilen von Berlin, wieder glücklich zur Erde nieder. Von Beklemmungen, beschwerlichem Athemholen, dem Andringen des Blutes nach den Augen und Ohren, welches andere Luftfahrer empfunden zu haben angeben, hat Herr Jungius nichts gespürt, obschon er eine Höhe erreichte, wie nicht leicht ein Anderer vor ihm. Eben so wenig weiß er etwas von dem guten Appetit, mit welchem andere Luftreisende in den obern Regionen gegessen und getrunken zu haben behaupten. Dagegen verfiel er eine halbe Stunde lang in einen tiefen Schlaf, und empfand, als er wieder auf dem festen Boden war, einen ungewöhnlichen Durst, der auch lange nachher anhielt. In der Nacht zum 17. Sept. kam er wohlbehalten nach Berlin zurück, und hat nun über den Verlauf seines Unternehmens, das ihm mehr Ehre als Gewinn brachte, dem theilnehmenden Publiko umständlichere Nachrichten ertheilt.

Merkwürdig ist es, daß in der ersten Hälfte des Septembers außer diesen noch drey andere Luftfahrten erfolgten. Am 9. Sept. stieg Herr Mosmant um halb zwey Uhr zu Rouen, am 12. Sept. Herr Garnerin zu Frankfurt am Mayn in die Höhe; und am 11. Sept. wollte ein batavischer Luftschiffer, Nahmens Hopmann, zu Haag eben dieses versuchen; aber der Versuch verunglückte. Der Ballon, auf dessen Steigen eine ungeheure Menge den ganzen Nachmittag und Abend hindurch bis frühe Morgens um 3 Uhr bey Mondenschein gewartet hatte, stieg kaum 5 Fuß hoch von der Erde in die Höhe, und Herr Hopmann suchte sich nun auf dem festen Boden eiligst davon zu machen, wurde aber erwischt und kam, weil er das Publikum zum drittenmal angeführt hatte, ins Zuchthaus.

Allerhand.

Das beste Instrument.

In einer Bauernschenke stritt man darüber, welches das beste und angenehmste Instrument wäre. Einer lobte die Trompete, weil er eine Zeitlang Carabinier gewesen war, ein anderer die Trommel od. Baßgeige, weil er einige Jahre als Musketier gedient hatte. Noch andere lobten andere Instrumente. Im Winkel saß der Schäfer des Orts, dieser sagte: die Froschmusik ist mir die angenehmste, denn sobald ich diese höre, ist es ein gewisses Anzeigen, daß der Winter vorüber ist und der Frühling seinen Anfang genommen hat. Ich für meine Person, sagte der herrschaftliche Pachter, glaube, daß es keine bessern Instrumenten gebe, als die Dreschflegel, denn sobald ich ihr Conzert in meinen Scheunen höre, erheitert mich das mehr, als wenn der Kapelldirector am Dresdner Hofe sich hören liesse.

Allerley.

1.

Gelassenheit.

Ein Quäcker wurde auf der Landstraße nahe bey London von einem Räuber angefallen. Er gab sein Geld willig her, und da der Räuber auch das Pferd des Quäckers besser als das seinige fand, so geschahe ein Tausch. Der schlaue Quäcker ließ sein neues Pferd nach eignem Willen gehen, und so brachte es ihn nach dem gewohnten Stalle, wo es vor dem gefüttert worden. Der Stallknecht erschien: Freund! kennst du das Pferd? – O ja, war die Antwort, es gehört Herrn *, der in der * Straße wohnt. Der Quäcker begab sich sogleich dahin, hörte aber, daß sein neuer Bekannter erst spät nach Hause kommen würde. Am folgenden Tage gieng er sehr zeitig wieder hin, und traf ihn. Der Räuber wollte vor Schrecken zu Boden sinken, allein der ehrliche Quäcker sagte: Sey nicht bestürtzt, du weißt, daß du gestern von mir 9 Pfund Sterling 13 Schilling geborgt hast, und ich hoffe, du wirst dich nicht weigern, mir dieß Geld jetzt wieder zu bezahlen. – Es geschah den Augenblick. Auch, fuhr der Quäker fort, muß ich dich bitten, unsere Pferde noch einmal umzutauschen; denn, die Wahrheit zu sagen, gefällt mir dein Pferd nicht so gut, wie mein eigenes. Dieser Tausch wurde eben so wenig verweigert, da denn der Quäcker dem Räuber ganz gelassen sein Lebewohl sagte.

2.

Fest des heiligen Antonius in Spanien.

Es ist vielleicht manchen unserer Leser bekannt, daß der heilige Antonius der Schutzpatron von Spanien und zugleich der Schutzpatron der Schneider ist. Jährlich feyert man ihm zu Ehren ein Fest. An diesem Tage ist folgende Cerimonie gebräuchlich. Die Pferde und Maulesel werden in der Kirche dieses Heiligen eingesegnet, um das ganze Jahr vor Krankheiten und Unglücksfällen gesichert zu seyn. Den ganzen Vormittag sieht man demnach eine Menge Kutschen mit ihren geputzten Pferden und Maulthieren an der Kirche halten. Jeder hat einen Celemin Gerste bei sich, und alle warten mit Sehnsucht auf die Einsegnungen. Der Mönch erscheint; die Thiere und die Gerste werden eingesegnet, und die Kutschen galoppiren im Triumph davon. Die eigentliche Feyerlichkeit aber ist nach der Siesta (Mittagsruhe). Hier wird nun eine förmliche Kutschen- und Maulthier-Procession gehalten, theils um die Kirche des heiligen Antonius, theils in den benachbarten Straßen. Alles, Kutschen und Bediente, besonders aber die Maulthiere, sind aufs beste herausgeschmückt. Man wetteifert in dem schönsten Geschirre, in den geschmackvollsten und geschmacklosesten Verzierungen. Es ist ein eigentliches Maulthierfest. Passamentirer, Sattler und Maulthierscheerer haben alle Hände voll zu thun, bei der Vorbereitung auf dieses heilige Antoniusfest. – Die Kutscher in ihren handbreit bordirten Gallaröcken, mit langen steifen Zöpfen, mit glänzenden Kourierstiefeln und breiten silbernen Sporen machen eine so fromme gravitätische Miene, als ob sie den heiligen Antonius selber kutschirten. Für die Madrider ist dieß nun eine äusserst unterhaltende Feyerlichkeit; denn es geht hier eben so zu, wie bey uns in unsern Komödienhäusern oder andern öffentlichen Zusammenkünften: die Liebe mischt sich mit ins Spiel. Man wirft sich Küsse und kleine Orangen zu, und das alles zu Ehren des heiligen Antonius.

Allerley.

Der kluge Bauer
und der dumme Dieb.

Ein Bauer aus dem vormals Badischen Orte Hundsbach auf dem Hundsrücken wurde von einem Räuber auf offener Landstraße durch Vorhaltung einer geladenen Pistole genöthigt, das bei sich habende Geld herzugeben. Die Noth zwang ihn, solches gedultig zu thun, in demselben Augenblick faßte er sich, und sagte dem Räuber, daß ihm an dem Geld (es war ein Paquet von nicht geringem Werthe) das er ihm abgenommen habe, wenig gelegen sey, er habe solches um den Botenlohn für einen Mann im nächsten Ort zu tragen, aber es seye ihm nun doch bange, daß er den Schaden ersetzen müßte, weil ihm niemand glauben würde, daß er beraubt worden wäre; man wird mich festhalten und denken, ich habe das Geld unterschlagen, diß macht mich traurig! Da kann ich euch nicht helfen, versetzte der Dieb. O ja! erwiederte der Bauer, gib mir ein unschädliches Zeichen, daß ich angegriffen worden bin; Du kannst mit deiner Pistole durch meinen Hut ein Loch schießen, diß ist mir dann ein sicherer Beweiß meiner Unschuld, und ich darf keinen Ersatz für das Verlohrene geben. »Wenn du weiter nichts willst, diese Freude kann ich dir machen, der Räuber nahm dem Bauern den Hut vom Kopfe, und jagte eine Kugel durch; kaum war diß geschehen, so packte der listige Landmann den Dieb mit Kraft an, machte ihn gefangen und überlieferte ihn dem nächsten Gericht.

Der edelmüthige Landmann.

In Italien liegt eine Stadt, die heißt Verona, und bei derselben fließt ein Strom vorbei, welcher die Etsch genannt wird. Diese Etsch war in einem harten Winter zugefroren. Ein plötzlich einfallendes Thauwetter aber brach das Eis, und machte den Strom auf einmal anschwellen. Die Gewalt des Grundeises riß eine der Brücken an beiden Ufern ein, nur der mittelste Bogen that noch einigen Widerstand. Auf demselben ruhete ein kleines Häuschen, in welchem sich der Brückenschreiber mit seiner ganzen Familie befand. Das Geschrei dieser Unglücklichen, welche um Rettung flehten, zog eine Menge Menschen herbei: aber da war keiner, der es wagen wollte, ihnen zu Hülfe zu kommen. Indeß sank ein Stück dieses letzten Bogens nach dem andern hin, und man erwartete mit jedem Augenblicke den gänzlichen Einsturz desselben.

Plötzlich sprengte unter die Menge der mitleidigen Zuschauer ein edler Graf (Spolverini war sein Name) und hielt einen Beutel mit 200 Dukaten empor, den er demjenigen zu geben versprach, der den unglücklichen Brückenschreiber mit seiner Familie retten würde. Aber es fand sich keiner, denn die Lebensgefahr, die damit verbunden war, schien allen zu groß und zu schrecklich zu seyn.

Endlich drängte sich durch den Haufen ein armer Landmann, dem wohl niemand so viel Edelmuth zugetraut hätte. Dieser sprang in einen Kahn und ruderte, ungeachtet der Gewalt des Eises und der Wellen, hin zu dem einstürzenden Bogen. Die schon von Todesangst ergriffene Familie wollte sich nun an einem Seile in seinen Kahn herunter lassen, aber der Kahn war zu klein, er konnte sie daher nicht alle zugleich fassen. Nur ein Theil der Unglücklichen wurde in den Kahn aufgenommen und von ihrem muthigen Erretter glücklich ans Ufer gebracht. Sogleich begab er sich zum zweitenmale in die große Gefahr, kam glücklich an; aber noch immer konnte er sie nicht alle in seinen Kahn aufnehmen. Wieder nur einen Theil derselben nahm er mit und brachte sie ans Land. Das Wasser wuchs indessen immer höher, der Wind heulte, die Wellen braußten fürchterlich, die Eisschollen kamen immer häufiger. – Der edelmüthige Landmann versuchte es zum drittenmal; er arbeitete sich mit der größten Anstrengung durch Wind und Wasserwogen zwischen den Eisstücken hindurch, er kam an die den Einsturz drohenden Trümmern der Brücke, der letzte Rest der mit Verzweiflung kämpfenden Familie stieg herab, und so gelang es ihm endlich, einer ganzen Familie das Leben zu retten. Kaum waren auch sie nun gelandet, so stürtzte der Bogen mit dem Häuschen ein. Die Luft erscholl vom Frohlocken der Zuschauer. Jetzt bot der Graf dem edelmüthigen Erretter die verheissene Belohnung dar; aber wer erstaunte nicht, da er diesen kaltblüthig zurücktreten und sich weigern sah, den Beutel anzunehmen. »Für Geld, sprach er, habe ich mein Leben nicht gewagt; hier ist eine unglückliche Familie, die jetzt ihr Haab und Gut verlohren hat; ihr geben Sie, was Sie für mich bestimmt hatten.« Mit diesen Worten kehrte er sich um, und verlohr sich unter der Menge.

Sein Name ist nicht bekannt geworden, aber im Himmel steht er angeschrieben.

II. Aus dem *Preussischen Volksfreund* (1842)

Geschichten und Erzählungen von J. P. Hebel.

1. Franziska.

In einem unscheinbaren Dörfchen am Rhein saß eines Abends, als es schon dunkeln wollte, ein armer junger Mann, ein Weber, noch am Webstuhl, und dachte während der Arbeit an Vater und Mutter, deren Lebensfaden auch schon an der Spule abgelaufen war, hernach an den Großvater selig, dem er einst auch noch auf den Knien gesessen, und an das Grab gefolgt war, und war so vertieft in seinen Gedanken und in seiner Arbeit, daß er gar nichts davon merkte, wie eine schöne Kutsche mit vier stattlichen Schimmeln vor seinem Häuslein anfuhr, und stille hielt.

Als aber etwas an der Thürfalle drückte, und ein holdes jugendliches Wesen trat herein von weiblichem Ansehen mit wallenden schönen Haarlocken, und in einem langen himmelblauen Gewand, und das freundliche Wesen fragte ihn mit mildem Ton und Blick: Kennst Du mich? Heinrich! da war es als ob er aus einem tiefen Schlaf aufführe, und war so erschrocken, daß er nichts reden konnte. Denn er meinte, es sei ihm ein Engel erschienen, und es war auch so etwas von der Art, nämlich seine Schwester Franziska; aber sie lebte noch.

Einst hatten sie manches Körblein voll Holz barfuß mit einander aufgelesen, manches Binsenkörbchen voll Erdbeeren am Sonntag mit einander gepflückt und in die Stadt getragen, und auf dem Heimweg ein Stücklein Brot mit einander gegessen, und jedes aß weniger davon, damit das andere genug bekäme. Als aber nach des Vaters Tod die Armuth und das Handwerk die Brüder aus der älterlichen Hütte in die Fremde geführt hatte, blieb Franziska allein bei der alten gebrechlichen Mutter zurück, und pflegte ihrer, also daß sie dieselbe von dem kärglichen Verdienst ernährte, den sie in einer Spinnfabrik erwarb, und in den langen schlaflosen Nächten mit ihr wachte, und aus einem alten zerrissenen Buch von Holland erzählte, von den schönen Häusern, von den großen Schiffen, von der grausamen Seeschlacht bei Doggersbank, und ertrug das Alter und die Wunderlichkeit der kranken Frau mit kindlicher Geduld.

Einmal aber früh um zwei Uhr sagte die Mutter: »Bete mit mir, meine Tochter! Diese Nacht hat für mich keinen Morgen mehr auf dieser Welt.« Da betete, und schluchzte, und küßte das arme Kind die sterbende Mutter, und die Mutter sagte: »Gott segne Dich, und sei« – und nahm die letzte Hälfte ihres Muttersegens, »und sei Dein Vergelter!« mit sich in die Ewigkeit.

Als die Mutter begraben, und Franziska in das leere Haus zurückgekommen war, und betete und weinte, und dachte, was jetzt aus ihr werden sollte, sagte etwas in ihrem Inwendigen zu ihr: »Geh nach Holland,« und ihr Haupt und ihr Blick richtete sich langsam und sinnend empor, und die letzte Thräne für diesmal blieb ihr in dem blauen Auge stehen. Als sie von Dorf zu Stadt, und von Stadt zu Dorf betend und bettelnd, und Gott vertrauend nach Holland gekommen war, und so viel ersammelt hatte, daß sie sich ein sauberes Kleidlein kaufen konnte, in Rotterdam, als sie einsam und verlassen durch die wimmelnden Straßen wandelte, sagte wieder etwas in ihrem Inwendigen zu ihr: Geh in selbiges Haus dort mit den vergoldeten Gittern am Fenster. Als sie aber durch den Hausgang an der marmornen Treppe vorbei in den Hof gekommen war, denn sie hoffte zuerst Jemand anzutreffen, ehe sie an einer Stubenthür anpochte, da stand eine betagte freundliche Frau von vornehmem Ansehen in dem Hofe, und fütterte das Geflügel, die Hühner, die Tauben und die Pfauen.

»Was willst Du hier, mein Kind?«

Franziska faßte ein Herz zu der vornehmen freundlichen Frau, und erzählte derselben ihre ganze Geschichte. »Ich bin auch ein armes Hühnlein, das Eures Brotes bedarf,« sagte Franziska und bat sie um Dienst.

Die Frau aber gewann Zutrauen zu der Bescheidenheit und Unschuld und zu dem nassen Auge des Mädchens, und sagte: »Sei zufrieden, mein Kind, Gott wird Dir den Segen Deiner Mutter nicht schuldig bleiben. Ich will Dir Dienste geben und für Dich sorgen, wenn Du brav bist.« Denn die Frau dachte: Wer kann wissen, ob nicht der liebe Gott mich bestimmt hat, ihre Vergelterin zu sein, und sie war eines reichen Rotterdammer Kaufmanns Wittwe, von Geburt aber eine Engländerin. Also wurde Franziska zuerst Hausmagd, und als sie gut und treu erfunden ward, wurde sie Stubenmagd, und ihre Gebieterin gewann sie lieb, und als sie immer feiner und verständiger ward, wurde sie Kammerjungfer.

Aber jetzt ist sie noch nicht Alles, was sie wird.

Im Frühling als die Rosen blühten, kam aus Genua ein Vetter der vornehmen Frau, ein junger Engländer, zu ihr auf Besuch nach Rotterdam; er besuchte sie fast alle Jahre um diese Zeit, und als sie Eins und das Andere hinüber und herüber redeten, trat heiter und lächelnd, mit allen Reizen der Jugend und Unschuld geschmückt, Franziska in das Zimmer, um etwas aufzuräumen oder zurecht zu legen, und dem jungen Engländer, als er sie erblickte, ward es sonderbarlich um das Herz. »Tante,« sagte er zu seiner Base, »Ihr habt ein bildschönes Mädchen zur Kammerjungfer. Es ist Schade, daß sie nicht mehr ist, als das.«

Die Tante sagte: »Sie ist eine arme Waise aus Deutschland. Sie ist nicht nur schön, sondern auch verständig, und nicht nur verständig, sondern auch fromm und tugendhaft, und ist mir lieb geworden, als mein Kind.«

Der Vetter dachte, das lautet nicht bitter.

Den andern oder dritten Morgen aber, als er mit der Tante in dem Garten spazierte, »wie gefällt Dir dieser Rosenstock,« fragte die Tante; der Vetter sagte: »Sie ist schön, sehr schön.«

Die Tante sagte: »Vetter, Du redest irr. Wer ist schön? Ich frage ja nach dem Rosenstock.«

Der Vetter erwiederte: Die Rose, – »oder vielmehr die Franziska?« fragte die Tante. »Ich hab's schon gemerkt,« sagte sie. Der Vetter gestand ihr seine Liebe zu dem Mädchen, und daß er sie heirathen möchte. Die Tante sagte: »Vetter, Du bleibst noch drei Wochen bei mir. Wenn es Dir alsdann noch so ist, so habe ich nichts darwieder. Das Mädchen ist eines braven Mannes werth.«

Nach drei Wochen aber sagte er: »Es ist mir nimmer, wie vor drei Wochen. Es ist mir noch viel ärger, und ohne das Mägdlein weiß ich nicht, wie ich leben soll.«

Also geschah der Verspruch. Aber es gehörte viel Zureden dazu, die Demuth der frommen Magd zu ihrer Einwilligung zu bewegen.

Jetzt blieb sie noch ein Jahr bei ihrer bisherigen Gebieterin, aber nicht mehr als Kammermädchen, sondern als Freundin und Verwandte in dem reichen Haus mit vergoldetem Fenstergitter, und noch in dieser Zeit lernte sie die englische Sprache, die französische, das Klavierspielen, und was sonst ein Kammermädchen nicht zu wissen braucht, aber eine vornehme Frau, das lernte sie Alles. Nach einem Jahre kam der Bräutigam, noch ein Paar Wochen vorher, und die Trauung geschah in dem Hause der Tante. Als aber von der Abreise des neuen Ehepaars die Rede war, schaute die junge Frau ihren Gemahl bittend an, daß sie noch einmal in ihrer armen Heimath einkehren, und das Grab ihrer Mutter besuchen, und ihr danken möchte, und daß sie ihre Geschwister und Freunde noch einmal sehen möchte.

Also kehrte sie jenes Tages bei ihrem armen Bruder, dem Weber, ein, und als er ihr auf ihre Frage, »Kennst Du mich? Heinrich!« keine Antwort gab, sagte sie: »Ich bin Franziska, Deine Schwester.« Da ließ er vor Bestürzung das Schifflein aus den Händen fallen, und seine Schwester umarmte ihn. Aber er konnte sich anfänglich nicht recht freuen, weil sie so vornehm geworden war, und scheute sich vor dem fremden Herrn, ihrem Gemahl, daß sich in seiner Gegenwart die Armuth und der Reichthum so geschwisterlich umarmen, und zu einander sagen sollen Du, bis er sah, daß sie mit dem Gewande der Armuth nicht die Demuth ausgezogen, und nur ihren Stand verändert hatte, nicht ihr Herz. Nach einigen Tagen aber, als sie alle ihre Verwandten und Bekannten besucht hatte, reiste sie mit ihrem Gemahl nach Genua, und Beide leben vermuthlich noch in England, wo ihr Gemahl nach einiger Zeit die reichen Güter eines Verwandten erbte.

Wir wollen aufrichtig gestehen, was uns selber in dieser Geschichte am meisten rührt. Am meisten rührt uns, daß der liebe Gott dabei war, als die sterbende Mutter ihre Tochter segnete, und daß er eine vornehme Kaufmannsfrau in Rotterdam in Holland, und einen braven reichen Engländer am welschen Meere bestellt hat, den Segen einer armen sterbenden Wittwe an ihrem frommen Kinde gültig zu machen.

Weg hat er alle Wege;
An Mitteln fehlts ihm nicht.

2. Deutsche Rechtlichkeit.

Der König Sueno von Dänemark hatte einen schweren Haß geworfen auf einen seiner Diener und Hofherren, Woldemar mit Namen, weil der ihm immer die Wahrheit sagte, geradheraus und ohne Umschweife. Da aber Woldemar in großem Ansehen stand, und in großer Gunst bei dem Volke, so wagte es der König nicht, ihm öffentlich ein Leid zu thun, sondern dachte darauf, wie er seiner in der Stille los werden könnte; dazu gab sich folgende Gelegenheit. Sueno trat eine Reise an zu seinem Schwiegervater, dem deutschen Kaiser Konrad, und ließ demselben heimlich wissen: er bringe einen Mann mit, der ihm sehr verdächtig sei; der Kaiser möge ihm darum den Gefallen thun, und den Mann an einen Ort bringen lassen, wo weder Sonne noch Mond hinkommen.

Der Kaiser wurde aufmerksam, und fragte den abgeschickten Boten, wie es zuginge, daß ein Mensch, der so feindlich sei, mit dem Könige reise?

Der Bote antwortete: Woldemar verlasse sich auf des Königs Treu und Glauben.

Der Kaiser erschrak ob diesen Worten, gerieth in Zorn und sagte: »Ich will mein Alter nicht beschimpfen, nachdem ich meine Jugend in Ehren gehalten; ja lieber wollt' ich meinen Eidam, sammt meiner Tochter und meinem Enkel, am Stricke sehen, als aufhören, ein ehrlicher Mann zu sein. Kann der König Beweise aufbringen gegen den Mann, so soll er Recht finden bei mir; aber da sei Gott vor, daß ich hinterlistig handeln sollte und meine Krone beflecken mit einer Unthat.«

3. Herr Charles.

Ein Kaufmann in Petersburg, von Geburt ein Franzose, wiegte eben sein wunderschönes Büblein auf dem Knie, und machte ein Gesicht dazu, daß er ein wohlhabender und glücklicher Mann sei, und sein Glück für einen Segen Gottes halte. Indem trat ein fremder Mann, ein Pole, mit vier kranken, halb erfrornen Kindern in die Stube. »Da bring' ich Euch die Kinder.«

Der Kaufmann sah den Polen kurios an. »Was soll ich mit den Kindern thun? Wem gehören sie? Wer schickt Euch zu mir?«

»Niemand gehören sie,« sagte der Pole, »einer todten Frau im Schnee, 70 Stunden herwärts Wilna. Thun könnt Ihr mit ihnen, was Ihr wollt.«

Der Kaufmann sagte: »Ihr werdet nicht am rechten Orte sein,« und wir glauben's ebenfalls. Allein der Pole erwiederte, ohne sich irre machen zu lassen: »Wenn Ihr der Herr Charles seid, so bin ich am rechten Ort,« und wir glauben's auch. Es war der Herr Charles.

Nämlich es hatte eine Französin, eine Wittwe, schon lange im Wohlstande und ohne Tadel in Moskau gelebt. Als aber die Franzosen in Moskau waren, benahm sie sich landsmannschaftlicher gegen sie, als den Einwohnern wohlgefiel. Denn das Blut verläugnet sich nicht, und nachdem sie in dem großen Brand ebenfalls ihr Häuslein und ihren Wohlstand verloren, und nur ihre fünf Kinder gerettet hatte, mußte sie, weil sie verdächtig sei, nicht nur aus der Stadt, sondern auch aus dem Lande reisen. Sonst hätte sie sich nach Petersburg gewendet, wo sie einen reichen Vetter zu finden hoffte. Der geneigte Leser will bereits etwas merken. Als sie aber in einer schrecklichen Kälte und Flucht, und unter unsäglichen Leiden, bis nach Wilna gekommen war, wurde die ganze Familie krank. Aller Bedürfnisse und Bequemlichkeiten für eine so lange Reise entblößt, traf sie hier einen edlen russischen Fürsten an, und klagte ihm ihre Noth. Der edle Fürst schenkte ihr dreihundert Rubel, und als er erfuhr, daß sie in Petersburg einen Vetter habe, stellte er ihr frei, ob sie ihre Reise nach Frankreich fortsetzen, oder ob sie mit einem Paß nach Petersburg umkehren wolle. Da schaute sie zweifelhaft ihr ältestes Büblein an, weil es das verständigste und kränkste war. »Wo willst Du hin, mein Sohn?« – »Wo Du hingehst, Mutter,« sagte der Knabe, und er hatte Recht; denn er ging noch vor der Abreise ins Grab. Also versah sie sich mit dem Nothwendigen, und accordirte mit einem Polen, daß er sie für fünfhundert Rubel nach Petersburg brächte zum Vetter; denn sie dachte, er wird das Fehlende schon drauf legen.

Aber alle Tage kränker, auf der langen beschwerlichen Reise, starb sie am sechsten oder siebenten Tage. »Wo Du hingehst,« hatte der Knabe gesagt, und der arme Pole erbte von ihr die Kinder, und konnten mit einander so viel reden, als ein Pole verstehen mag, wenn ein französisches Kind russisch

»Da bring' ich Euch die Kinder.«

spricht, oder ein Französlein, wenn man mit ihm reden will auf Polnisch. Nicht jeder geneigte Leser hätte an seiner Stelle sein mögen. Er war es selber nicht gern. »Was anfangen jetzt?« sagte er zu sich selbst. »Umkehren – wo die Kinder lassen? Weiter fahren – wem bringen? Thue, was du sollst,« sagte endlich etwas in seinem Inwendigen zu ihm. Willst Du die armen Kinder um das Letzte und Einzige bringen, was sie von ihrer Mutter zu erben haben, um dein Wort, das du ihr gegeben hast? Also kniete er mit den unglücklichen Waisen um den Leichnam herum, und betete mit ihnen ein polnisches Vater unser. »Und führe uns nicht in Versuchung.« Hernach ließ Jedes ein Händlein voll Schnee zum Abschied und eine Thräne auf die kalte Brust der Mutter fallen, nämlich, daß sie ihr gerne die letzte Pflicht der Beerdigung anthun wollten, wenn sie könnten, und daß sie jetzt verlassene, unglückliche Kinder seien. Hernach fuhr er getrost mit ihnen weiter auf der Straße nach Petersburg; denn es wollte ihm nicht eingehen, daß der ihm die Kindlein anvertraut hatte, könne ihn stecken lassen, und als die große Stadt vor seinen Augen sich ausdehnte, wie ein Hauderer thut, der auch erst vor dem Thor fragt, wo er still halten soll, erkundigt er sich endlich bei den Kindern, so gut er sich verständlich machen konnte, wo denn der Vetter wohne, und erfuhr von ihnen, so gut er sie verstehen konnte: »Wir wissen's nicht« – Wie er denn heiße? »Wir wissen's auch nicht.« – Wie denn ihr eigener Geschlechtsname sei? »Charles.«

Der geneigte Leser will schon wieder etwas merken, und wenn wir es für uns zu thun hätten, so wäre der Herr Charles der Vetter, die Kinder wären versorgt, und die Erzählung hätte ein Ende. Allein die Wahrheit ist oft sinniger als die Erdichtung. Nein der Herr Charles ist der Vetter nicht, sondern dieses Namens ein Anderer, und bis auf diese Stunde weiß noch Niemand, wie der wahre Vetter eigentlich heißt, nicht ob und wo in Petersburg er wohnt. Also fuhr der arme Mann in großer Verlegenheit zwei Tage lang in der Stadt herum und hatte Französlein feil. Aber Niemand wolle ihn fragen: »Wie theuer das Pärlein?« und der Herr Charles begehrte sie nicht einmal geschenkt, und war noch nicht Willens, Eines zu behalten. Als aber ein Wort das andere gab, und ihm der Pole schlicht und menschlich ihr Schicksal und seine Noth erzählte, »Eins,« dachte er, »will ich ihm abnehmen,« und es füllte sich immer wärmer in seinem Busen: »ich will ihm Zwei abnehmen,« dachte er, und als sich endlich die Kinder um ihn anschmiegten, meinend, es sei der Herr Vetter, und anfingen auf französisch zu weinen, denn der geneigte Leser wird auch schon bemerkt haben, daß die französischen Kinder anders weinen, und als der Herr Charles die Landesart erkannte, da rührte Gott sein Herz an, daß ihm ward, wie einem Vater, wenn er die eignen Kinder weinen und klagen sieht, und »in Gottes Namen« sagte er, »wenn's so ist, so will ich mich nicht entziehen« und nahm die Kinder an. »Setzt Euch ein wenig nieder,« sagte er zu dem Polen, »ich will Euch ein Süpplein kochen lassen.«

Der Pole, mit gutem Appetit und leichtem Herzen, aß die Suppe und legte den Löffel weg, – er legte den Löffel weg und blieb sitzen – er stand auf und blieb stehen. »Seid so gut,« sagte er endlich, »und fertigt mich jetzt ab, der Weg nach Wilna ist weit. Auf fünfhundert Rubel hat die Frau mit mir accordirt;« da fuhr es doch dem milden Menschen, dem Herrn Charles, über das Gesicht, wie der Schatten einer fliegenden Frühlingswolke über die sonnenreiche Flur. »Guter Freund,« sagte er, »Ihr kommt mir ein wenig zu kurios vor. Ist's nicht genug, daß ich Euch die Kinder abgenommen habe, soll ich Euch auch noch den Fuhrlohn bezahlen?« Denn das kann dem redlichsten und besten Gemüth begegnen, wenn's ein Kaufmann ist, jedem Andern aber auch, daß er wider Wissen und Willen zuerst ein wenig handeln und markten muß, sei es auch nur mit sich selbst.

Der Pole erwiederte: »Guter Herr, ich will Euch nicht ins Gesicht sagen, wie Ihr mir vorkommt. Ist's nicht genug, daß ich Euch die Kinder bringe? Sollt' ich sie auch noch umsonst geführt haben? Die Zeiten sind bös, und der Verdienst ist gering.«

»Eben deswegen,« sagte Herr Charles, »darüber laßt mich klagen. Oder meint Ihr, ich sei so reich, daß ich fremde Kinder aufkaufe, oder so gottlos, daß ich mit ihnen handle? Wollt Ihr sie wieder?« Als aber noch einmal ein Wort das andere gab, und der Pole jetzt erst mit Staunen erfuhr, daß der Herr Charles gar nicht der Vetter sei, sondern nur aus Mitleiden die armen Waisen angenommen habe, »wenn's so ist,« sagte er, »ich bin kein reicher Mann, und Eure Landsleute, die Franzosen, haben mich auch nicht dazu gemacht; aber wenn's so ist, so kann ich Euch nichts zumuthen. Thut den armen Würmlein Gutes dafür,« sagte der edle Mensch, und es trat ihm eine Thräne ins Auge, die wie aus einem überwältigten Herzen kam, wenigstens überwältigte sie dem Herrn Charles das seinige. »Monsieur Charles,« dachte er, »und ein armer polnischer Fuhrmann« – und als der Pole schon anfing, eines der Kinder nach dem andern zum Abschied zu küssen, und sie auf Polnisch zur Folgsamkeit und Frömmigkeit ermahnte, »guter Freund,« sagte Herr Charles, »bleibt noch ein wenig da. Ich bin doch so arm nicht, daß ich Euch nicht Euren wohlverdienten Fuhrlohn bezahlen könnte, so ich doch die Fracht Euch abgenommen habe,« und gab ihm die fünfhundert Rubel.

Also sind jetzt die Kindlein versorgt, der Fuhrlohn ist bezahlt, und so ein oder der andere geneigte Leser vor den Thoren der großen Stadt hätte zweifeln mögen, ob der Vetter auch zu finden sei, und ob er's thun werde, so hat doch die heilige Vorsehung ihn nicht einmal dazu vonnöthen gehabt.

4. Die deutsche Fürstin.

Eine deutsche Fürstin in den Rheingegenden (ich will ihren Namen nicht nennen, er ist aber recht leserlich in einem goldnen Buche geschrieben) ging einst mit ihrer Hofdame auf's Feld spazieren, denn die grünen Bäume und das lebendige Wasser und der blaue Himmel gefielen ihr weit besser so, wie sie der liebe Gott gemacht, als wie sie auf dem Theater vorkommen. Am Wege saß ein armes, von Kummer und Elend abgemergeltes Weib, mit einem Säugling im Schooße. Die Fürstin blieb mitleidig stehen und sagte: Euer Kind ist wohl krank?

Ach, versetzte die Frau, der arme Wurm ist am Verschmachten; die Nahrung ist vertrocknet in meinen Brüsten, denn ich habe seit zwei Tagen nichts gegessen, als ein Stücklein trocknes Brot.

Die Hofdame langte auf den Wink der Fürstin ein Geldstück hervor und gab es der unglücklichen Mutter; diese aber weinte und sagte: Wenn es doch schnell zu Milch würde. Dieses Wort schnitt der Fürstin ins Herz. Sie hatte zu Hause auch einen Säugling, den sie selbst stillte. Sie setzte sich alsbald neben das arme Weib, nahm ihr das Kind vom Schooß und legte es an ihre Brust.

Ich hätte die arme Mutter sehen mögen in diesem Augenblick, und die edle Fürstin, und wohl auch, wenn man so etwas sehen könnte, den Engel, der neben ihr stand, und ihren Namen aufzeichnete in sein Buch.

5. Der Schuster Flink.

Schafft Gott den Hasen, so schafft er auch den Rasen. – Mit diesem Sprichwort wollte ein Pfarrer einen Vater beruhigen, der ihm die Niederkunft seiner Frau mit Zwillingen anzeigte und über den allzureichen Segen bekümmert war. Ich wollte das wohl glauben, antwortete der Mann, wenn nur die Kinder auch Gras äßen, wie die Hasen. Wer hatte Recht, dieser verzagte Mann, oder der Pfarrer? Es bleibt dabei, der Pfarrer hatte Recht und ich könnte dieses mit vielen Geschichten beweisen, will aber nur eine einzige anführen vom armen Schuster Flink.

Dieser lebte in einem kleinen Städtchen und ernährte ohne eignes Vermögen, blos von seiner Hände Verdienst, seine Familie von sieben Kindern. Ihm kam seine geschäftige Frau Eva trefflich zu Hülfe, und so fanden sie bei ihrem vereinigten regelmäßigen Fleiße immer ihr nöthiges Auskommen; aber am Ende des Jahres hatten sie doch keinen Überschuß; daher konnten sie keinen weitern Kostgänger brauchen, und doch kündigte eines Tages das gute Evchen mit betrübtem Herzen ihrem Manne ihre abermalige Schwangerschaft mit dem achten Kinde an. Meister Flink sann hin und her, um neue Nahrungsquellen zu entdecken, aber er fand keine. Endlich kam er auf den Gedanken, einem kinderlosen Kaufmann des Städtchens das zu hoffende Kind vor die Thür zu legen, und theilte dieses Vorhaben seiner Frau mit.

Lange kämpfte das zärtliche Mutterherz gegen diesen Vorschlag, aber durch das dringende Zureden ihres Mannes wurde sie endlich dahin gebracht, ihre Einwilligung zu geben.

Sie verbarg nun ihre Schwangerschaft und kam endlich nieder; allein wie hatte sich das gute Ehepaar verrechnet! Sie gebar Zwillinge, ein Knäblein und ein Mägdlein. Alle beide Kinder wollten sie doch dem Kaufmann nicht aufhalsen, sondern eines davon behalten, nur waren sie nicht einig, welches von beiden sie aussetzen wollten. Die Frau wünschte das Büblein zu behalten, und auch dem Vater that es wehe, dieses hinzugeben, denn es war ein schönes und feines Kind; aber er meinte, das Knäblein würde eher eine willige Aufnahme und eine sorgfältige Verpflegung finden, da es bald im Laden gebraucht werden könnte, und so wurde denn beschlossen, das Büblein abzugeben.

Jetzt erst wurde die Hebamme herbeigerufen, nachdem man vorher das Knäblein versteckt hatte, und sie war froh, das Mägdlein allbereits ans Tageslicht gefördert anzutreffen. In der nächsten Nacht zwischen 10 und 11 Uhr brachte der Vater das Knäblein der Mutter, daß es sich noch zum letzten Mal an ihrer Brust laben könnte. Mit schmerzlicher Wehmuth und mit den Worten: »Du bist doch mein und bleibst mein« – überließ die Mutter den holden Säugling dem Vater, der ihn nun gut eingehüllt unter seinen Mantel nahm und dem Hause des Kaufmanns zueilte. Alles ist still, und er hört nichts, als das ängstliche Klopfen seines eigenen Herzens. Er ist am Hause und will das Kind auf der obersten Treppe an der Thüre niederlegen; aber im nämlichen Augenblicke fliegen beide Thürflügel auf und, »Hab ich Dich, Du Spitzbub!« donnert ihm die Stimme des Kaufmannes entgegen. »Willst Du Deinen Bankert auf der Stelle nehmen, oder soll ich Dich der Obrigkeit zur gerechten Bestrafung anzeigen?« Mit diesen Worten und unter vielen Flüchen giebt nun der Kaufmann dem armen Schuster ein fremdes Kind, das eine halbe Stunde vorher, ehe Flink kam, jenem vor die Thür gelegt worden war. Vermuthend, daß der Eigenthümer des Kindes nachsehen würde, ob es aufgenommen worden sei, lauerte er hinter der Thür und nach einer halben Stunde kam, wie gesagt, unser Meister Flink und ehe er noch Zeit hatte, sein eigenes Kind hinzulegen, hatte er schon das fremde in seinen Armen und der Kaufmann schmetterte ihm die Thür vor der Nase zu. Wie versteinert stand er anfänglich da. Was sollte er nun thun? Sollte er etwa das fremde Kind wegwerfen, oder gar am ersten Stein zerschmettern? Nein, dazu dachte er zu christlich.

Unter jedem Arm ein Kind kehrte er zu seiner Wohnung zurück, und ist auf seinem Heimwege sogar noch bessern Muthes, als er war, da er in der bewußten Absicht von Hause wegging. Unter dessen benetzte Evchen, besorgt über ihren Mann und den Säugling, ihr Bette mit Thränen, bereute es schmerzlich, eingewilligt zu haben, und flehte zu Gott, daß er dem Kaufmanne Mitleiden und Barmherzigkeit gegen das arme Würmlein ins Herz geben möchte. Mitten in dem Kummer öffnet sich die Stubenthür und ihr Mann tritt herein. Auf die Frage, wie es gegangen sei? wagt er's kaum zu antworten, daß er für eines zwei Kinder bringe. So, hast Du unser Büblein wieder? Gott Lob und Dank? rief Evchen hoch erfreut. Gieb mir's her, daß ich's herze. War's mir doch vor, als ich's hingab und sagte: »Du bist mein und bleibst mein! Ja, Du sollst mein bleiben, so lange Gott will!« – Du freust Dich wohl, liebes Evchen, daß Du Dein Büblein wieder hast, sagte der Mann; aber woher nehmen wir Brod's genug für unsre neun eignen und für das zehnte fremde Kind? Der gute Mann sahe den Engel, den Gott zu seiner Rettung aus der Noth gesandt hatte, nicht, und doch war er ganz in der Nähe. Der Frau ahnte etwas davon; denn mit einer Zuversicht, als wenn es ihnen gar nicht fehlen könnte, spricht sie dem verzagten Manne Trost ins Herz mit den Worten:

Der den Wurm im Staube nährt
Und verlaßnen Raben
Reichlich Unterhalt gewährt,
Wird dir seine Gaben
Nicht entzieh'n.
Hoff auf ihn!
Er läßt nie die Seinen
Lange trostlos weinen.

Nicht lange weinten diese guten Leute trostlos. Eben wickelte Flink das fremde Kind auf, um nach dem

Geschlecht zu sehen – es war ein Büblein – als er zu dessen Füßen ein Päcklein Geld mit 100 Thalern und einen Brief an den Kaufmann fand, dem man es vor die Thüre gelegt hatte, worin stand, »daß man in der Hoffnung einer mitleidigen Aufnahme und sorgsamen Pflege ihm das Kindlein hingelegt habe. Er solle Vatertreue an ihm beweisen, und erhalte vorläufig zur Erkenntlichkeit 100 Thaler, und könne jährlich in einer benachbarten Stadt eben soviel bei einem Kaufmanne als Kostgeld für das Kind erheben.«

Mit Freudenthränen in den Augen bittet Flink seine Frau, noch einmal den vorigen schönen Vers zu sagen. Sie thats, und als sie an die Worte kam »wird dir seine Gaben nicht entziehn« zeigte Flink das entdeckte Geld mit den Worten: da sind schon diese Gaben, da ist schon der kleine fremde Engel, den uns Gott gesandt hat, daß er uns für unsre Kinder sorgen helfe.

Aber das Kind und das Geld waren an den Kaufmann addressirt, und dieser erfuhr es nicht sobald, als er sogleich auf das fremde Kinde Ansprüche machte, um Barmherzigkeit an ihm üben zu können. Er war auch ein gar barmherziger Mann; nur war er der Meinung, »umsonst ist der Tod und für 100 Thaler lasse sich's schon ein Jahr lang gegen ein kleines Geschöpf barmherzig sein.« Meister Flink behauptete, der Kaufmann habe ihm das Kind mit dem Geld abgetreten, und sogar auf eine sehr grobe Art aufgedrungen.

Vor Gericht verlor der Schuster, und schon sollte das Kind sammt dem Gelde dem Kaufmanne verabfolgt werden, als ein Schreiben vom Vater des Kindes an die Obrigkeit kam, des Inhalts: »Man habe sich in dem Kaufmanne geirrt und nicht geglaubt, daß er so hart sein würde. Der arme Schuster, der zu seinen vielen Kindern auch noch das fremde genommen und sich erbarmt hätte, sollte Pflegevater des Kindes bleiben und, weil er ein armer Mann wäre, zu 100 Thalern noch jährlich 50 Thaler weiter haben.«

Der geneigte Leser wird sich mit mir freuen, daß die Sache am Ende eine so günstige Wendung für den armen Schuster nahm. Das Kindlein wuchs und wurde mit treuer Liebe von seinen Pflegeltern zu einem guten Menschen erzogen, und Meister Flink hatte sein gutes Auskommen und wurde ein wohlhabender Mann. – So kommt Gott, eh' wirs uns verseh'n, und lässet uns viel Gut's gescheh'n.

Nachwort

1

Im Juli 1803 begann in der Residenz Karlsruhe ein *Provinzial-Blatt für die Badische Markgrafschaft*, eine der drei Provinzen des im selben Jahr gegründeten Kurfürstentums Baden, zu erscheinen. Daß dies »mit Kurfürstlich-Badischem gnädigstem Privilegio« geschah, zeigte das Blatt im Untertitel an. Es brachte Landes- und lokale Verordnungen, amtliche und vaterländische Nachrichten, teilte die aktuellen Marktpreise und Kirchenbuch-Auszüge über Geburten und Todesfälle mit, berichtete von nachahmenswerten Leistungen bekannter und unbekannter Landsleute, von Unglücksfällen, enthielt naturkundliche Informationen (über Baum- und Bienenzucht oder das Alter der Bienenkönigin) und erweiterte ab und zu den Horizont über die provinziellen Grenzen, sogar mit Blick auf Europa als Ganzes (*Über Europens politische Massen*). Mit dem dritten Jahrgang, 1805, dessen Titel leicht variierte (*Provinzial-Blatt der Badischen Markgrafschaft*), konsolidierte sich zunächst das Erscheinen. Es kam häufiger und regelmäßig heraus, wöchentlich mittwochs und sonntags, der Jahrgang kostete insgesamt zwei Gulden, und nun erschienen auch in größerem Ausmaß Gedichte, Rätsel und erzählerische Beiträge. Mit der literarischen Herrlichkeit war es aber schon im nächsten Jahrgang,

1806, wieder vorbei, und nach der Gründung des Großherzogtums Baden im selben Jahr hatte das *Provinzial-Blatt* in seiner bisherigen territorialen Ausrichtung keine Daseinsberechtigung mehr. Das neue Großherzogtum wurde in zehn Kreise eingeteilt und das bisherige Journal 1808 als *Großherzoglich badisches mittelrheinisches Provinzial-Blatt* fortgesetzt.

Verleger und Redakteur des *Provinzial-Blatts* war der Karlsruher Buchhändler und -drucker Christian Friedrich Müller (1776-1821).[1] Seine Frau Wilhelmine, geb. Maisch (1767-1807), erwarb sich als Herausgeberin des *Taschenbuchs für edle Weiber und Mädchen* und mit einer Sammlung eigener *Gedichte* (1800, ²1806), die im Verlag ihres Mannes erschien, regionales Ansehen. Sie wird auch am *Provinzial-Blatt* beteiligt gewesen sein. Der Jahrgang 1805 beginnt mit einem Gedicht *Zum neuen Jahr 1805*, das mit der Sigle »Mr.« unterzeichnet ist, derzufolge es jedoch auch von Christian Friedrich Müller stammen kann, und in den folgenden Nummern stehen zahlreiche weitere gereimte Verse, die *Logogryph*, *Charade* oder *Räthsel* überschrieben sind, also Gelegenheits- und Gebrauchsgedichte, deren Auflösungen in der jeweils nächsten Nummer mitgeteilt wurden.

1 Vgl. Rainer Fürst, Die Karlsruher Drucker und Verleger von Johann Peter Hebel und C.F. Müller als der Hebel-Verlag. Eine Dokumentation zur Verlagsgeschichte. Karlsruhe 1980.

Das Verfertigen von Denksportlyrik verschiedener Art war zu jener Zeit gesellige Mode in der badischen Residenz, und von einem weiteren Karlsruher Literaten, Johann Peter Hebel, weiß man, daß er ihr im Drechslerschen Kaffeehaus und im Erbprinzen frönte.[2] Als Ludwig Tieck sich im Spätsommer 1806 in Karlsruhe aufhielt, veranlaßte ihn das tolle Treiben mit den »fabelhaft unsinnigen Räthseln« im Erbprinzen, sich einen anderen Mittagstisch zu suchen.[3] Hebel, seit 1798 außerordentlicher Professor am Karlsruher Gymnasium, seit 1805 Kirchenrat, hat Rätsel auch des öfteren veröffentlicht, darunter im Müllerschen Taschenbuch. Im März 1804 erbat er sich Logogryphen, die er seinem Freund Hitzig geschickt hatte, mit dem Argument wieder zurück: »Müller, der Narr, will sie in das Taschenbuch haben, ins Taschenbuch für Weiber und Mädchen.«[4] Die Rätsel-Lyrik Hebels ist heute weitgehend vergessen und nicht Gegenstand der vorliegenden Veröffentlichung von

2 Vgl. Georg Laengin, Aus Joh. P. Hebel's ungedruckten Papieren. Nachträge zu seinen Werken, Beiträge zu seiner Charakteristik. Tauberbischofsheim 1882, S. 139-179: »Der Räthsel-Wettkampf in Hebel's Karlsruher Freundeskreis. Mit ungedruckten Räthseln von Hebel und seinen Freunden«.

3 Ebd., S. 154.

4 Johann Peter Hebel. Briefe der Jahre 1784-1809. Der Gesamtausgabe erster Band. Hg. und erläutert von Wilhelm Zentner. Karlsruhe 1957, Bd. I, S. 198.

Prosabeiträgen, doch sollte bei einer kritischen Gesamtausgabe des Hebelschen Œuvres nicht übersehen werden, daß die zahlreichen anonymen Rätselbeiträge im *Provinzial-Blatt* unter dem Verdacht der Beteiligung Hebels stehen. Das Problem ist nur, daß von ihr keine Zeugnisse überliefert sind, weil Hebel, Müller und dessen Frau am selben Ort wohnten, weswegen sich Briefwechsel zwischen ihnen erübrigte, und daß auch keine Manuskripte der Beiträge aufgehoben wurden, die im Journal erschienen.

Hebels Interesse am *Provinzial-Blatt* ist zwar nicht unmittelbar belegt, es gibt jedoch starke Indizien, die darauf schließen lassen, daß es ihm nicht gleichgültig war. So schrieb er am 21. August 1806 an den Freund Hitzig über die *Badische Wochenschrift zur Belehrung und Unterhaltung für alle Stände*, die Aloys Schreiber in Heidelberg herausgab:

> Mit was für Augen siehst du die seit dem Jul. herauskommende Badische Wochenschrift an? Ohne daran mitzuarbeiten interessire ich mich sehr dafür, weil so etwas für unser, uns selbst noch wenig gekanntes Land großes Bedürfniß ist. Aber nach meinem Urtheil beginnt doch dieses Blatt gar zu kläglich arm und leer.[5]

Bereits für das Jahr 1797, als Müller in Karlsruhe seine Buchhandlung eröffnete, ist der früheste Kontakt zu Hebel belegt. Der Buchhändler übernahm die Beför-

5 Ebd., S. 315.

derung einer gedruckten Predigt des Gymnasialprofessors.[6] Daß dessen Beziehung zu Müller auch noch um 1805 erfreulich gewesen sein muß, läßt sich einem Brief an den Freund Nüßlin vom 8. Januar dieses Jahres entnehmen. Der war am Erwerb eines teuren Buches interessiert, das bei Müller erschien, und Hebel schrieb ihm, »um besonderer Verhältnisse willen, in denen er mit dem Verleger stehe«, hoffe er für sich und seine Freunde im Fall einer Sammelbestellung »einen ansehnlichen Rabatt zu erhalten«.[7] Später redigierte Hebel die Sitzungsberichte der badischen Ständekammer, die im Müllerschen Verlag gedruckt wurden, in dem nach dem Tod des Dichters die *Sämmtlichen Werke* (1832-1834) Hebels und weitere Hebel-Ausgaben erschienen.

Bei der kanonisierten Hochschätzung seiner Geschichten wird oft übersehen, daß nicht wenige von ihnen in einer unspektakulären mittleren Stillage und Erzählhaltung geschrieben sind. Sie haben eine Entsprechung in den oft profanen Materien, die in einem an ein großes und überwiegend ländliches Publikum gerichteten Kalender unverzichtbar waren. Hebel ist nicht nur der Verfasser des *Unverhofften Wiedersehens* und der Zundelfrieder-Geschichten, sondern auch von zahlreichen belehrenden Artikeln. Der *Rheinländische Hausfreund*, mit dem er als Erzähler berühmt wurde, kam erst seit dem Jahr 1808 heraus.

6 Vgl. Hebel an Hitzig, Januar-Februar 1797; ebd., S. 66.
7 Ebd., S. 235.

Zuvor arbeitete er am *Badischen Landkalender* auf die Jahre 1803-1807 mit, und der enthielt bis Anfang 1805 insgesamt sechzehn Hebelsche Beiträge, darunter *Von den ProcessionsRaupen*, *Über die Verbreitung der Pflanzen*, *Von den Schlangen*, *Mancherley gute Lehren* und *Der Mensch in Kälte und Hitze*, aber auch schon eine so berühmte Geschichte wie *Das wohlfeile Mittagessen.* Für den *Badischen Landkalender auf das Jahr 1806* verfaßte er fünf Beiträge überwiegend belehrenden Charakters (wie *Mancherley Regen*, *Auflösung der Rechnungs-Exempel des vorigen Jahrs*, *Die Spinnen*) – also im selben Jahr 1805, in dem das *Provinzial-Blatt* ebenfalls unterhaltende Artikel brachte. Hebel wird sich in diesem Jahr mit seinen Lieferungen für den *Landkalender* kaum erzählerisch verausgabt haben, und es fällt auf, daß die literarisch bedeutenden Erzählbeiträge im *Provinzial-Blatt* erst gegen Jahresende erschienen, also zu einer Zeit, als diejenigen für den *Landkalender*, der vor Beginn des neuen Jahres vorliegen mußte, schon längst beim Verleger waren.

Wie die erzählenden Beiträge im Landkalender dienten auch diejenigen im *Provinzial-Blatt* der belehrenden Unterhaltung. Damit der Leser sie auf den ersten Blick von den offiziellen und offiziösen Mitteilungen unterscheiden konnte, erschienen sie zumeist unter übergreifenden Haupttiteln (*Allerhand*, *Allerley*, *Historische Miszellen*, *Nützliche und angenehme Unterhaltungen*), jedoch nicht generell. Es gab keine obligatorischen Rubriken und keine festen

Grenzen zwischen Mitteilung und Unterhaltung. Der erste Beitrag mit belehrendem Charakter erschien unter der Hauptüberschrift *Allerhand* und zeigte mit der abschließenden Angabe *(A.d.N.Z.d.T.)* noch seine Herkunft aus einem anderen Journal, der Gothaer *National-Zeitung der Teutschen*, an, dann unterblieben derartige Hinweise.

Mit den letzten Beiträgen erreichten die literarische Gestaltung und das witzige Erzählen ihr höchstes Niveau. Die beiden Nummern vom 11. und 25. Dezember brachten unter dem Haupttitel *Allerley* jeweils zwei Artikel. Aus den jeweils ersten dieser Artikel konnte der Leser die Lehre ziehen, daß in gefährlichen Situationen nicht der Stärkere und Gewalttätige obsiegen muß, sondern der Listige und Geistesgegenwärtige ihm überlegen sein kann. Sowohl in der Geschichte *Gelassenheit* als auch in *Der kluge Bauer und der dumme Dieb* ist der Räuber, der in der einen den englischen Quäker, in der anderen einen deutschen Bauern überfallen hat, am Ende der Übervorteilte, weil die Beraubten seiner Gewalt ihren Verstand kaltblütig entgegensetzen.[8] Daß im täglichen Kampf ums Dasein der Klügere am weitesten kommt, ist die Moral dieser Geschichten. Ihnen kontrastieren zwei ganz andere. Auf *Gelassenheit* folgt

8 Die Konstellation von Quäker und Räuber hat Hebel in der Geschichte *Der listige Quäcker*, die im *Rheinländischen Hausfreund auf das Schalt-Jahr 1812* erschien, wieder aufgenommen und erzählerisch ausgeschmückt.

mit dem *Fest des heiligen Antonius in Spanien* eine Humoreske, die den volkstümlichen Charakter der Verehrung des spanischen Schutzheiligen thematisiert. Nach *Der kluge Bauer und der dumme Dieb* steht die Geschichte *Der edelmüthige Landmann*, die der Selbstlosigkeit des anonym bleibenden Retters Unglücklicher erzählerischen Tribut zollt. Nicht nur List und Witz sind demnach im Alltag gefragt, sondern auch mutige Hilfsbereitschaft unter Einsatz des Lebens und Verzicht auf persönliche Vorteile, auf Ehre und Ruhm zugunsten Bedürftiger und Bedrohter. Im *Fest des heiligen Antonius in Spanien* kommt die Sonnenseite des Lebens zur Sprache, im *Edelmüthigen Landmann* die ihr abgewandte, und der humoristischen Erzählweise jener Geschichte kontrastiert die emphatische dieser. Liest man sie im Zusammenhang, kann man zu der Erkenntnis kommen, daß zum Leben und zum Erzählen als Ganzem jeweils beides gehört.

Die Überlegenheit des Listigen und die edle Tat sind wesentliche Motive der Hebelschen Geschichten, und der Halunke gehört schon früh, bevor der Zundelfrieder, der Zundelheiner und der rote Dieter im Kalender auftreten, zu ihrem bevorzugten Personal. In *Der Zahnarzt* (im *Landkalender auf das Jahr 1807*) sind es gleich zwei Betrüger, auf deren Wunderpillen gegen Zahnschmerzen die Gäste im Wirtshaus hereinfallen. Im *Wohlfeilen Mittagessen* (1804) spielt der Gast, der für sein Geld zu essen verlangt, zwei Wirte nach- und gegeneinander aus. In *Der schlaue*

Husar (1807) gelingt es dem Titelhelden, einen Bauern, der ihm eine geringe Gabe verweigert, so zu überlisten, daß er ihm eine enorme abtreten muß. Frühe Repräsentanten der edlen Tat sind (im *Rheinländischen Hausfreund auf das Jahr 1808*) der Kommandant, der seine Truppe durch eindringliches Zureden von der befohlenen Plünderung einer Stadt abhält und anschließend auf das ihm von deren Bürgern angetragene Geschenk verzichtet (*Der Commandant und die Badischen Jäger in Hersfeld*), sowie der seinen Zehrpfennig begehrende Handwerksbursche, der Brot und Geld zugunsten einer armen Kranken sammelt, statt etwas von ihr zu verlangen (*Der fechtende Handwerksbursche in Anklam*). Die Parallelen dieser Geschichte zum *Edelmüthigen Landmann* sind besonders auffällig. In jener heißt es: »Die Frau war die Wittwe eines ehmaligen braven Unteroffiziers, Namens Laroque, bei dem preussischen Regiment von Schönfeld.«[9] In dieser wird der Graf, der einen Beutel Dukaten für die Rettung der Bedrohten spendet, genannt: »Spolverini war sein Name«. Aber der Handwerksbursche bleibt ebenso anonym wie der Retter, der »in der Menge« verschwindet. In jener Geschichte steht abschließend: »Den Namen des frommen Jünglings aber hat ein Engel im Himmel für ein andermal

9 Johann Peter Hebel. Sämtliche Schriften. Kritisch hg. von Adrian Braunbehrens, Gustav Adolf Benrath und Peter Pfaff. Bd. II: Erzählungen und Aufsätze. Erster Teil. Karlsruhe 1990, S. 111.

aufgeschrieben. Ich kann nicht sagen, wie er heißt.«[10] Und diese endet, in der Weihnachtsnummer des *Provinzial-Blatts* aus dem Jahr 1805, mit den Worten: »Sein Name ist nicht bekannt geworden, aber im Himmel steht er angeschrieben.«

Welcher Karlsruher sollte 1805 *Der edelmüthige Landmann* geschrieben haben, wenn nicht Johann Peter Hebel? Wenn sich seine Autorschaft auch nicht beweisen läßt, ist sie doch mit an Sicherheit grenzender Wahrscheinlichkeit anzunehmen, und es besteht kein Anlaß, die Geschichte so in der Anonymität zu belassen wie Hebel seine Helden in Verona und Anklam. Und wenn Hebel als Verfasser des *Edelmüthigen Landmanns* wahrscheinlich ist, dann ist er auch verdächtig, die unmittelbar davorstehende Geschichte *Der kluge Bauer und der dumme Dieb* geschrieben zu haben, und wenn das anzunehmen ist, dann fällt derselbe Verdacht auf die motivisch parallelen und kontrastiven, die vierzehn Tage zuvor im *Provinzial-Blatt* erschienen waren. Und überhaupt ist für alle oder doch die meisten der unterhaltenden Beiträge in dessen Jahrgang 1805 nicht auszuschließen, daß Hebel an ihnen beteiligt war. Daraus folgt die editorische Konsequenz, sie in die vorliegende Ausgabe aufzunehmen. Sie gehören in jedem Fall, ob Hebel nun an ihnen Anteil hatte oder nicht, zum Kontext seiner Geschichten.

10 Ebd.

Für einen solchen Anteil auch an frühen und eher unscheinbaren Beiträgen im *Provinzial-Blatt* des Jahrgangs 1805 spricht außer den bereits angeführten Argumenten vor allem die vorurteilslose und Vorurteile hinterfragende Haltung zu den Juden, die in drei Beiträgen zum Ausdruck kommt. Im ersten, *Hohes Alter*, wird mit Hochachtung von dem Juden Isaak Nathan berichtet, der mindestens 116 Jahre alt wurde und ein »Lehrer der jüdischen Jugend« war. Die zweite, *Der seltne Fall*, hat Kindesentführungen zum Gegenstand und endet mit der Pointe, die »Intoleranz« würde in früheren Zeiten behauptet haben, die Kinder »wären von Juden gestohlen worden«. Und die dritte verhältlich sich spiegelbildlich zur zweiten, indem sie den Bericht von den Juden, die in den Rheingegenden blonde Mädchen zur Überlassung ihrer Haare für englische Perücken veranlassen, mit der an das historische Bewußtsein appellierenden Reminiszenz abschließt, »daß schon die Römer auf das goldgelbe Haar der Deutschen einen hohen Werth legten«. Der Leser, den solche Widerhaken zum Nachdenken bringen, wird sich vielleicht die Frage stellen, warum der Bericht die Überschrift *Eröffnung eines neuen IndustrieZweiges für Deutsche* bekommen hat. Der Jude ist so selbstverständlich prosemitisch in das *Provinzial-Blatt* integriert, wie der Judenfreund Hebel ihn seinem Kalender einverleibt hat, in dessen *Einträglichem Räthselhandel* ein Betteljude sich das gängige Vorurteil ihm gegenüber zunutze macht und sich seinen Reisegefährten im

Spiel überlegen erweist. Er »mußte viel leiden«, sagt der Erzähler, »wie mans manchmal diesen Leuten macht und versündiget sich daran«.[11]

11 Ebd., S. 197.

2

Dreißig Jahre nach dem Jahrgang 1805 des badischen *Provinzial-Blatts* begann in Berlin der *Preussische Volksfreund* zu erscheinen, ein *Gemeinnütziges und unterhaltendes Wochenblatt für gebildete Leser*, wie der Untertitel erläuterte. Es kam von 1836 bis 1846 heraus und scheint sich einer beträchtlichen Beliebtheit erfreut zu haben.[12] 1842 teilte der Redakteur mit, die Auflage betrage über 20000 Exemplare,[13] und nach zehnjährigem Erscheinen resümierte er, das Blatt habe »ungeachtet der unverkennbaren Richtung der Gegenwart, die auf politische und Zeit-Fragen ihr Hauptaugenmerk lenkt, während sie der Unterhaltungs-Lectüre nur eine sehr untergeordnete Stelle einräumt – dennoch sich immer ungeschwächt die Gunst des Publikums erhalten«.[14] Die Autoren, die im *Volksfreund* veröffentlichten, sind heute großenteils unbekannt, waren aber zu ihrer Zeit populäre Erzähler wie Willibald Alexis, Carl Beck, Hermann Marggraff, Theodor Mügge, Adolf von Schaden und Heinrich

12 Vgl. Alfred Estermann, Die deutschen Literatur-Zeitschriften 1815-1850. Bibliographien, Programme, Autoren. 10 Bde. Nendeln 1977-1981, Bd. VI, S. 197-202. Estermann registriert allerdings nur neun eigentliche Jahrgänge (1836-1844), 1845-1849 seien Fortsetzungen unter anderen Titeln erschienen.

13 Nr. 164 vom 26. November, S. 653 des Jahrgangs.

14 Nr. 180 vom 31. Dezember 1845, S. 720 des Jahrgangs.

Smidt. Herausgeber, Verleger und »Verantwortlicher Redakteur« – so die auf der ersten Seite jeder Nummer mitgeteilte Bezeichnung – war C. G. von Puttkammer. Er ist so vergessen, daß selbst umfassende und spezielle Nachschlagewerke zur deutschen Literatur nichts über ihn vermelden. Wenn sein Name überhaupt in Bibliographien und Lexika auftaucht, dann mit den Vornamensinitialien, die bereits im *Preussischen Volksfreund* angegeben sind. Wenigstens in einem speziellen personengeschichtlichen Werk, der »Geschichte des Geschlechts v. Puttkamer«, ist jedoch Näheres über ihn ermittelt worden.[15] Er hieß mit allen Vornamen Carl Gustav Theodor Casimir von Puttkammer, war der zweite Sohn des Königsberger Regierungsrates Ferdinand von Puttkammer, wurde 1808 in Königsberg geboren, studierte 1830-1833 in seiner Vaterstadt, in Greifswald und Berlin, wo er nach Beendigung des Studiums den *Preussischen Volksfreund* verlegte und redigierte, 1837 die zwölf Jahre jüngere Kaufmannstochter Caroline Charlotte Georgine Magdalene Niehus heiratete, 1846 als Phototechniker und 1851 bis zu seinem Todesjahr 1869 als Polizeileutnant wirkte, »nachdem er während der Revolution 1848 in

15 Vgl. Geschichte des Geschlechts v. Puttkamer. Zweite, stark veränderte Auflage, bearbeitet von Ellinor v. Puttkamer (Versin). Neustadt a. d. Aisch 1984, S. 240. (Deutsches Familienarchiv. Ein genealogisches Sammelwerk. Bd. 83/84/85.)

die Berliner Schutzmannschaft getreten war«[16]. Wie der Familiengeschichte noch zu entnehmen ist, hatte er es »sehr schwer, seine große Familie (13 Kinder!) durchzubringen. Ein besonderes Unglück traf ihn 1866: Die aus dem Feldzug in Berlin eingeschleppte Cholera nahm ihm an einem Tage die Frau und drei Kinder.«[17] Aus Mitteilungen im *Volksfreund* geht noch hervor, daß Puttkammer 1843 in Berlin Inhaber der Deutschen Verlagsbuchhandlung war.

Carl Gustav von Puttkammer verdient schon deshalb der Vergessenheit entrissen zu werden, weil er Hebel geschätzt und unbekannte Geschichten von ihm publiziert hat. Im Siebenten Jahrgang, 1842, des *Preussischen Volksfreunds* stehen in den Nummern 21 bis 26 vom 10. bis 20. Februar als Fortsetzungsbeitrag *Geschichten und Erzählungen von J. P. Hebel*, insgesamt fünf. Dazu teilte Puttkammer zu Beginn in einer Fußnote mit:

> Die hier folgenden Geschichten und Erzählungen stehen weder in der letzten Auflage von Hebels »Schatzkästlein« (Stuttg. 1833), noch in den später erschienenen »Schwänken des Rheinischen Hausfreundes«, wohin sie, wegen ihres ernsten Tones, ohnehin nicht passen. Die zahlreichen Verehrer dieses wahrhaften Volksdichters, der, wie kein anderer, die Gabe der schlichten Erzählung, den

16 Ebd.
17 Ebd.

ernsten und heitern, naiven und rührenden Ton in seiner Gewalt hatte, werden die Mittheilung derselben gewiß willkommen heißen.[18]

In Nr. 96 vom 13. Juli 1842 erschien noch eine hochdeutsche Version von *Das Hexlein*, einem der *Alemannischen Gedichte* Hebels,[19] und 1843 machte Puttkammer auf das Erscheinen einer neuen Hebel-Ausgabe (im Karlsruher Verlag C. F. Müller) zu einem Preis aufmerksam, »der so billig gestellt ist, daß auch dem Minderbegüterten die Anschaffung möglich wird«.[20] Weitere Beiträge von und über Hebel konnten in dem *Wochenblatt* nicht ermittelt werden.

Das *Schatzkästlein des rheinischen Hausfreundes* war 1833 in einer *Neuen Auflage* in der Cottaschen Buchhandlung erschienen, die *Schwänke des Hebelschen Rheinländischen Hausfreundes* kamen 1839 ebenfalls in Stuttgart, jedoch bei Scheible, heraus. Zwar stehen die fünf Geschichten, die Puttkammer offerierte, nicht in diesen beiden Sammlungen, aber zwei waren doch schon an anderen Orten publiziert worden: *Franziska* im *Rheinländischen Hausfreund oder Neuen Kalender auf das Jahr 1814* (1813 erschienen), *Herr Charles* im ersten Jahrgang (*auf das Jahr 1819*, 1818 erschienen) des Karlsruher Taschen-

18 S. 83 des Jahrgangs.

19 S. 383 des Jahrgangs.

20 S. 280 des Jahrgangs.

buchs *Rheinblüthen*. In die vorliegende Edition wurden die beiden Erzählungen aus zwei Gründen aufgenommen. Erstens galt es den Zusammenhang der fünf im *Preussischen Volksfreund* publizierten Texte zu wahren, und zweitens weicht diese Veröffentlichung von den beiden vorigen Drucken ab.

Als Beispiel für Art und Ausmaß der Abweichungen im Fall von *Franziska* seien die ersten Zeilen des Erstdrucks von 1813 angeführt:

> In einem unscheinbaren Dörfchen am Rhein, saß eines Abends, als es schon dunkeln wollte, ein armer junger Mann, ein Weber, noch an dem Webstuhl, und dachte, während der Arbeit unter andern an den König Hiskias, hernach an Vater und Mutter, deren ihr Lebensfaden auch schon von der Spule abgelaufen war.[21]

1842 ist das Komma nach »Rhein« getilgt, ebenso die Präposition »ihr« vor »Lebensfaden«, der nun »an der Spule« abgelaufen war. Und der Weber denkt nicht mehr »unter andern an den König Hiskias«, sondern gleich »an Vater und Mutter«, weshalb auch die temporale Angabe »hernach« entfällt.[22] Es gibt in

21 Johann Peter Hebel. Sämtliche Schriften. Kritisch hg. von Adrian Braunbehrens, Gustav Adolf Benrath und Peter Pfaff. Bd. III: Erzählungen und Aufsätze. Zweiter Teil. Karlsruhe 1990, S. 423f.

22 Zur Quelle und Interpretation der Geschichte vgl. Johann Anselm Steiger, Unverhofftes Wiedersehen

der 1842 gedruckten Geschichte nicht weniger als fünf Kürzungen dieser und ähnlicher Art, außerdem Veränderungen in Interpunktion und Orthographie, in Groß- und Kleinschreibung und semantischen Charakters. Die Abweichungen in der Wortwahl sind zwar nicht häufig, aber bei einem Autor wie Hebel in jedem Fall relevant, und die veränderte Interpunktion ist deshalb von Belang, weil sie den Erzählrhythmus beeinflußt. Optisch am auffälligsten ist die neue Absatzbildung. Der Text, der 1813 mit fünf Absätzen auskam, hat 1842 neunzehn. Die Änderungen haben insgesamt eine Tendenz zu stärkerer Strukturierung und Vereinfachung. Daß der Weber 1813 »unter andern an den König Hiskias«, der nicht jedermann bekannt gewesen dürfte, und erst »hernach an Vater und Mutter« dachte und zu überlegen, warum er das tat, wird dem Leser 1842 ebensowenig zugemutet wie das scheinbar umständliche, der Mündlichkeit nahe »deren ihr Lebensfaden«, weshalb die Präposition »ihr« entfällt. Und der »Hausfreund«, der 1813 im Kalender sein Publikum noch vertraulich anspricht (»Der Hausfreund will aufrichtig gestehen«[23]), muß 1842 einer anonymen Erzählerinstanz weichen (»Wir wollen aufrichtig gestehen«). Auch der Erzählung *Herr*

mit Johann Peter Hebel. Studien zur poetischen und narrativen Theologie Hebels. Heidelberg 1998, S. 9-41.

23 Johann Peter Hebel. Sämtliche Schriften, Bd. III, S. 428.

Charles ist 1842 die Verwurzelung der Hebelschen Geschichten im Kalender, die der Taschenbuch-Druck von 1818 noch im Untertitel anzeigte (»Von dem frühern Verfasser des rheinländischen Hausfreundes«[24]) gekappt, wieder löst ein Wir-Erzähler den intimeren ab, und mit dem ersten Untertitel entfällt auch der zweite, der 1818 noch das Erzählgenre präzisierte (*Eine wahre Geschichte*[25]). Dafür gibt es im Erzähltext keine Auslassungen und Änderungen der Größenordnung von *Franziska*, die Abweichungen vom Erstdruck haben ansonsten dieselbe Tendenz, und während *Herr Charles* 1818 verständniserschwerend mit zwei Absätzen auskommen mußte, erleichtern 1842 elf den Nachvollzug.

Die Textänderungen im *Preussischen Volksfreund* dessen Redakteur anzulasten, liegt zwar nahe, ist aber nicht statthaft, solange sich nicht nachweisen läßt, daß er für die Eingriffe verantwortlich war. Und die Verantwortlichkeit ist nicht zu belegen, solange unbekannt bleibt, auf welchen Fassungen die im *Preussischen Volksfreund* mitgeteilten beruhen. Da frühere Veröffentlichungen von *Deutsche Rechtlichkeit*, *Die deutsche Fürstin* und *Der Schuster Flink* nicht nachweisbar sind, besteht auch Anlaß zu der Annahme, daß Puttkammer *Franziska* und *Herr Charles* nach anderen Quellen als den 1813 und 1818 gedruckten publiziert hat. Es ist auch nicht auszuschließen, daß ihm hand-

24 Ebd., S. 620.
25 Ebd.

schriftliche Versionen zugänglich waren. Vielleicht entstammen alle fünf von ihm veröffentlichten Geschichten einem einzigen Druck, vielleicht sogar einem einzigen Manuskript. Wie dem auch sei: dem Hebel-Freund und nicht nur ihm werden mit einem Schlag drei seit 1842 verschollene, völlig unbekannte Geschichten zugänglich und dazu zwei in neuen Versionen.

Sie unterscheiden sich erheblich von denjenigen, die im badischen *Provinzial-Blatt* des Jahres 1805 stehen. Hebel berichtet nicht von Listigkeits-Wettbewerben und mehr oder weniger lustigen Begebenheiten, dafür dominiert das pathetische Erzählen. Die Geschichten sind dem von Puttkammer auf den Begriff gebrachten Genre des »ernsten Tones« zuzuordnen, der allerdings unterschiedlich ausgeprägt ist. Es fällt auf, daß von den insgesamt fünf zwei sehr kurz, drei recht lang sind. Sie sind so angeordnet, daß die langen die kurzen rahmen. Das wird nicht Zufall sein, sondern ein kompositorisches Prinzip, von dem man wiederum gern wüßte, wem es zu verdanken ist.

Die kurzen Geschichten sind lakonisch erzählt. *Deutsche Rechtlichkeit*, worin ein Kaiser die Intrige seines königlichen Schwiegersohns verabscheut, kommt ohne die von Hebel ansonsten gern eingesetzten Abschweifungs- und Ausweitungstechniken aus und gehört zu seinen schnörkellosen Erzähltexten. In *Die deutsche Fürstin* ergreift am Anfang und Schluß ein Ich-Erzähler das Wort, um die namenlos bleibende Fürstin, die das Kind der Armen stillt, auf ähnliche Weise zu würdigen, wie das bereits 1805 in *Der edelmüthige Landmann* geschah: ihr Name ist »recht leserlich in einem goldnen Buche geschrieben«. Beide Geschichten thematisieren, wie die Attribute in ihren Titeln anzeigen, ideale Wesenszüge von Deutschheit. Hebel preist Rechtlichkeit und Mitmenschlichkeit Hochrangiger zugunsten Bedrohter und Armer. Dabei kommt es auf die Nuancen an. Dem Kaiser ist Rechtlichkeit wichtiger als die familiäre Beziehung (er würde »selbst Tochter und Enkel lieber am Stricke sehen, als aufhören, ein ehrlicher Mann zu sein«), und die Fürstin wird vorrangig nicht dafür gepriesen, daß sie der Armen Geld gibt, sondern deren Säugling die Brust. Solch eine von den Standesunterschieden absehende, sie überwindende Handlung reiner Menschlichkeit muß aber, da Hebel sie so außerordentlich würdigt, eine seltene Ausnahme gewesen sein.

Sucht man die Spuren des Kirchenrats Johann Peter Hebel in seinen Geschichten – 1819 wurde er sogar zum Prälaten ernannt –, wird man sie den drei umfangreichen deutlich eingeprägt finden. Im letzten Absatz der ersten, *Franziska*, sagt der Erzähler unverblümt, »daß der liebe Gott dabei war«. Sie schließt ebenso wie die letzte, *Der Schuster Flink*, mit einem frommen Spruch, und auch am Ende der mittleren, *Herr Charles*, wird »auf die heilige Vorsehung« verwiesen. Schon zu Beginn der letzten stimmt der Erzähler der in dem Sprichwort »Schafft Gott den Hasen, so schafft er auch den Rasen« festliegenden Auffassung eines Pfarrers mit an Penetranz grenzender Eindringlichkeit zu. Aber die Geschichten sind nicht identisch mit ihren veräußerlichten Lehren, und es sollte mißtrauisch stimmen, daß ein Erzähler vorbehaltlos ein Sprichwort goutiert, der schon im *Badischen Landkalender auf das Jahr 1806* über ein anderes bemerkte: »Dieß ist das verlogenste und schlimmste unter allen Sprichwörtern«[26]. Zweifellos haben die drei umfangreichen Geschichten religiösen Charakter, die religiösen Nutzanwendungen sind jedoch eindeutig, während komplizierte Vorgänge und überraschende Wendungen erzählt werden, die auch als Verkettungen von Zufälligkeiten oder unwahrscheinliche Wahrhaftigkeiten aufgefaßt werden könnten, stünde dem nicht die formelhafte Moral entgegen. Was im Erzählten selbst fast überdeutlich wird, ist eine innere Kraft des Menschen, etwas, das im »Inwendigen« sowohl Franziskas in der gleichnamigen Erzählung als auch des polnischen Fuhrmanns in *Herr Charles* spricht. Der religiöse Erzähler Hebel appelliert an die Fähigkeit des einzelnen zu Güte und Menschlichkeit, er schreibt an gegen die Verhärtung und Trägheit des Herzens. Der Glaube an die Vorsehung mag schön und gut sein, aber der geneigte Leser kann die Geschichte vom Schuster Flink auch gegen den Strich lesen und so verstehen, daß nicht wenige Situationen im Leben am religiösen Determinismus zweifeln oder verzwei-

26 Johann Peter Hebel. Sämtliche Schriften. Bd. II, S. 43.

feln lassen. Würde man eine Ausgabe der Erzählungen Johann Peter Hebels mit einer Brosche verzieren, dann sollten auf ihr, einem Vorschlag Walter Benjamins folgend, Bischofsstab und Jakobinermütze, sich kreuzend, zu sehen sein.[27]

27 Vgl. Walter Benjamin, Johann Peter Hebel. Ein Bilderrätsel zum 100. Todestage des Dichters. In: Benjamin, Gesammelte Schriften Bd. II/1. Hg. von Rolf Tiedemann und Hermann Schweppenhäuser. Frankfurt/M. 1977, S. 283.

3

Die aus dem *Provinzial-Blatt der Badischen Markgrafschaft* und dem *Preussischen Volksfreund* mitgeteilten Texte werden unter Wahrung von Lautstand und Zeichensetzung im wesentlichen unverändert wiedergegeben. Wenn Beiträge im *Provinzial-Blatt* unter Rubriken mitgeteilt wurden (*Allerley*, *Allerhand* u.a.), sind diese als generelle Überschriften belassen worden. Hinweise auf die Fortsetzung oder Weiterführung von Geschichten im *Preussischen Volksfreund* (*Schluß folgt*, *Schluß*) sind getilgt. Im Titel des Gedichts *Etymologisch-poetische Erklärung des Worts: Klatschen* wurde das Schluß-s des letzten Worts (*Klatschens*) als Druckfehler aufgefaßt und nicht übernommen. Die recht seltenen sonstigen offensichtlichen Druckfehler in den originalen Texten wurden ebenfalls verbessert.

Heinz Härtl

Quellenangaben für die einzelnen Texte

Provinzial-Blatt der Badischen Markgrafschaft. Karlsruhe. Jahrgang 1805:

Nr. 13 vom 13. Februar, S. 60: *Allerhand. Unglück und Rettung. (Zugleich eine Warnung.)*

Nr. 17 vom 27. Februar, S. 79f.: *Allerhand. Gefrorne Gemüß-Arten und Obst wieder genießbar zu machen. Muthvolle Entschlossenheit. Hohes Alter.*

Nr. 24 vom 23. März, S. 111f.: *Der seltne Fall. Große Pracht und theurer Schmaus.*

Nr. 44 vom 1. Juni, S. 196: *Wahrheit, die man für Anekdote nehmen kann.*

Nr. 45 vom 5. Juni, S. 199f.: *Historische Miszellen. 1. Wallenstein. 2. Was vermag die Liebe nicht. 3. Etymologisch-poetische Erklärung des Worts: Klatschen.*

Nr. 59 vom 24. Juli, S. 268: *Ein schöner Zug von Ehrlichkeit.*

Nr. 68 vom 24. August, S. 316: *Schreckliche Natur-Begebenheit.*

Nr. 81 vom 9. Oktober, S. 368: *Allerley. Eröffnung eines neuen IndustrieZweiges für Deutsche.*

Nr. 83 vom 16. Oktober, S. 376: *Nützliche und angenehme Unterhaltungen. Baumzucht. Bequemste Art, große Bäume zu verpflanzen.*

Nr. 87 vom 30. Oktober, S. 391f.: *Drey Luftschiffer.*

Nr. 97 vom 4. Dezember, S. 432: *Allerhand. Das beste Instrument.*

Nr. 99 vom 11. Dezember, S. 439f.: *Allerley. 1. Gelassenheit. 2. Fest des heiligen Antonius in Spanien.*

Nr. 103 vom 25. Dezember, S. 455f.: *Allerley. Der kluge Bauer und der dumme Dieb. Der edelmüthige Landmann.*

Preussischer Volksfreund. Berlin. Siebenter Jahrgang 1842. *Verantwortlicher Redakteur: C. G. von Puttkammer.*

Nr. 21 vom 10. Februar, Nr. 22 vom 12. Februar, Nr. 23 vom 14. Februar, Nr. 24 vom 16. Februar, Nr. 25 vom 18. Februar, Nr. 26 vom 20. Februar, S. 83f., 86f., 91f., 95f., 99f., 103: *Geschichten und Erzählungen von J. P. Hebel.*

Die Abbildung zu *Herr Charles* (S. 53) war bisher nicht bekannt. Sie befindet sich in dem in der Herzogin Anna Amalia Bibliothek (Sign. Ff4:10) der Klassik Stiftung Weimar verwahrten Exemplar von *Rheinblüten. Taschenbuch auf das Jahr 1819* (Karlsruhe 1818).

Inhalt

Bibliografische Information der Deutschen Nationalbibliothek

Die Deutsche Nationalbibliothek verzeichnet diese Publikation in der Deutschen Nationalbibliografie; detaillierte bibliografische Daten sind im Internet über http://dnb.d-nb.de abrufbar.

© Wallstein Verlag, Göttingen 2008
www.wallstein-verlag.de
Vom Verlag gesetzt aus der Stempel Garamond
Umschlaggestaltung: Basta Werbeagentur, Klaus Hunger
Druck: Friedrich Pustet, Regensburg
ISBN 978-3-8353-0278-5